KB253400

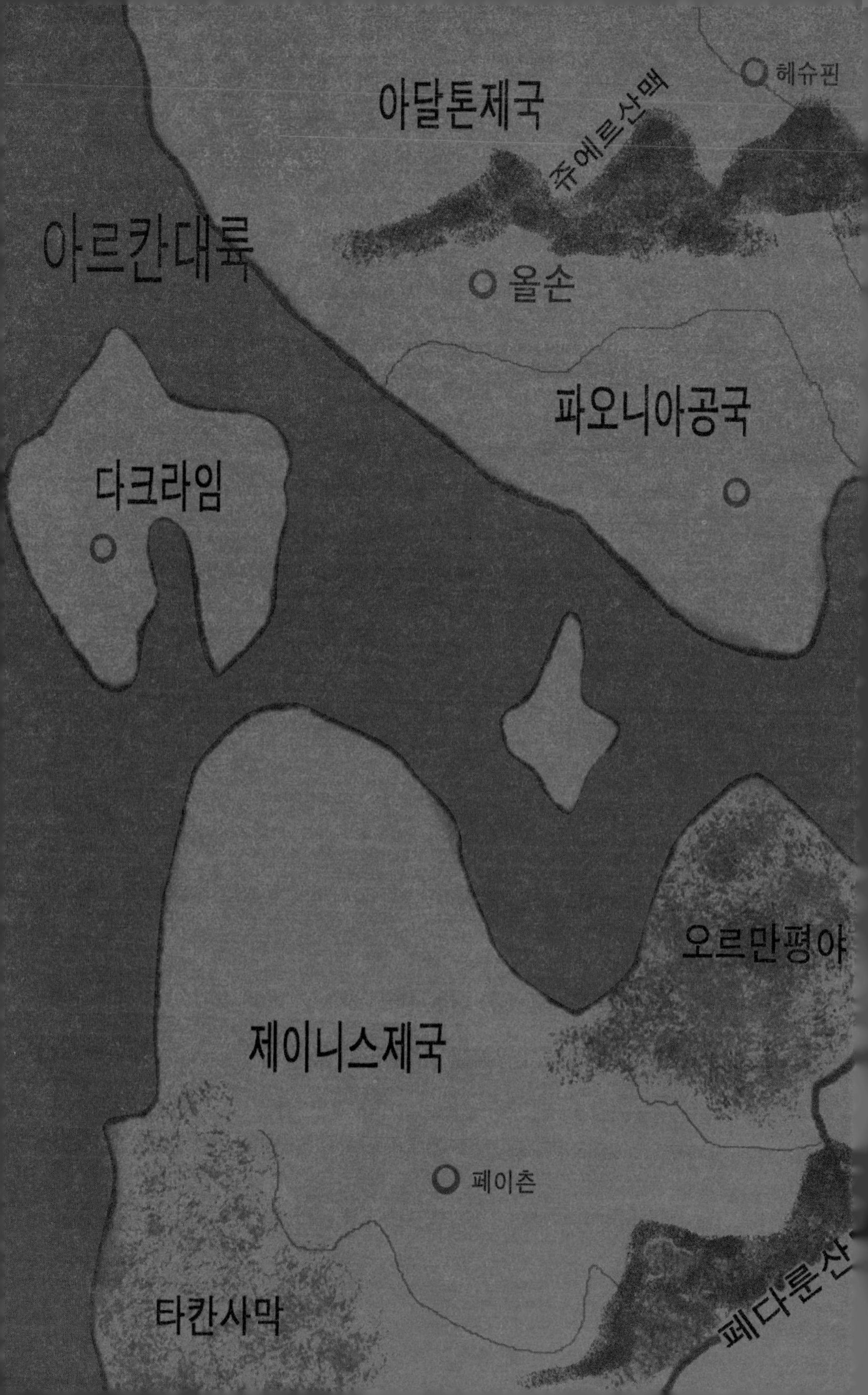

아달톤제국
쥬에르산맥
헤슈핀
아르칸대륙
올손
파오니아공국
다크라임
오르만평야
제이니스제국
페이촌
타칸사막
페다룬산

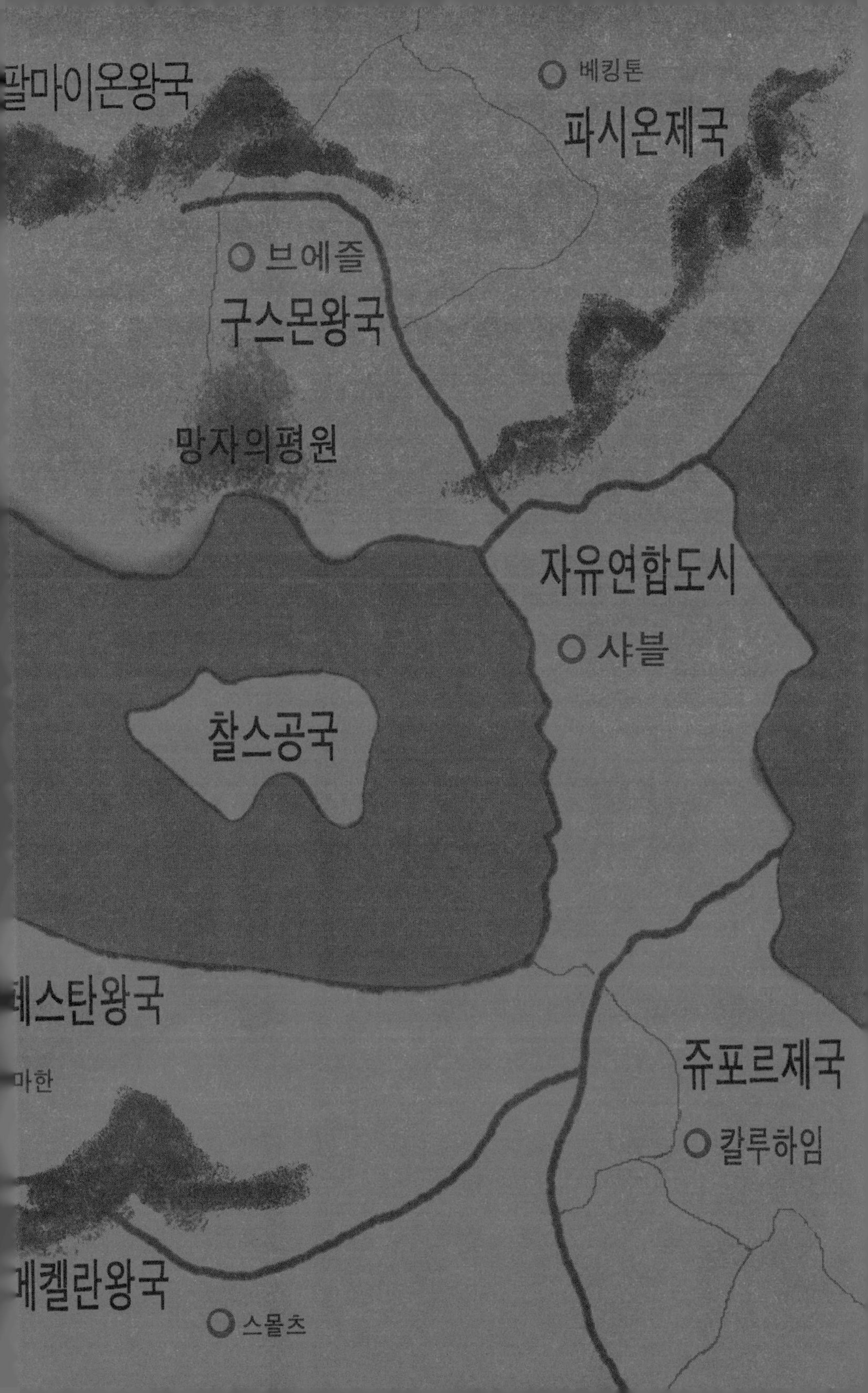

팔마이온왕국
파시온제국
베킹톤
브에즐
구스몬왕국
망자의평원
자유연합도시
샤블
찰스공국
레스탄왕국
마한
쥬포르제국
칼루하임
케켈란왕국
스몰츠

FREE KNIGHT

프리 나이트 6
김광수 판타지 장편 소설

초판 1쇄 찍은 날 § 2006년 4월 3일
초판 1쇄 펴낸 날 § 2006년 4월 13일

지은이 § 김광수
펴낸이 § 서경석

편집장 § 문혜영
편집책임 § 김민정
편집 § 최하나 · 문정흠

펴낸곳 § 도서출판 청어람
등록번호 § 제1081-1-89호
등록일자 § 1999. 5. 31
어람번호 § 제1-0695호

주소 § 경기도 부천시 원미구 심곡1동 350-1 남성B/D 3F (우) 420-011
전화 § 032-656-4452   팩스 § 032-656-4453
http://www.chungeoram.com
E-mail § eoram99@chollian.net

ⓒ 김광수, 2005

ISBN 89-251-0061-4 04810
ISBN 89-5831-737-X (SET)

※ 파본은 본사나 구입하신 서점에서 교환하여 드립니다.
※ 저자와 협의하여 인지를 붙이지 않습니다.

프리 나이트

FREE KNIGHT

6

과 같은 삶을 사는 프리 나이트. 사랑을 위해 태어난 기사 중의 기사들.
사랑을 위하여 또 한 명의 프리 나이트가 명예의 검을 들었다.

김광수 판타지 장편 소설

FANTASY FRONTIER SPIRIT

도서출판 청어람

C o n t e n t s

제54장

나의 기사여!

FREE KNIGHT

아드리안느 공주는 꿈에서 깰까 봐 눈을 뜨기 싫었다.

태양신의 신전에서 왕국을 구할 폴라온 대제를 달라 신께 간구할 때 하늘에서 떨어져 내린 그 사람의 목소리가 들려왔지만, 지금 이 순간도 날마다 꾸었던 꿈만 같았다.

지그시 손에 힘을 주어 손바닥의 감촉을 느꼈다.

손에 힘이 주어지자 느껴지는 생생한 느낌.

아드리안느 공주는 영원한 섬김을 맹세하는 프리 나이트 카온의 목소리를 생각하며 천천히 눈을 떴다.

꿈속에서도 너무나 원하였던 장면.

이 순간 더는 바랄 것이 아무것도 없었다.

"아……."

흐르는 눈물 때문에 잘 보이지는 않았으나, 발밑에 한쪽 무릎을 꿇고 있는 듬직한 남자의 몸이 어렴풋이 보였다.

그 남자였다.

바람의 카온이라 이름 불린 그 남자가 무릎을 꿇고 섬김의 맹세를 하고 있었다.

"이, 일어나세요, 기사여."

떨리는 목소리로 아드리안느 공주는 명하였다.

나만의 기사.

꿈속에서 그리던, 오직 아드리안느만을 섬기는 나만의 기사가 명을 받고 있었다.

"레이디의 명을 받습니다."

듬직한 목소리가 들리더니 스윽, 남자가 일어났다.

"흑……."

'고맙고, 고맙습니다. 진정 저를 위하여 외주셨군요.'

혹시나 하였던 사실이 진실로 드러나자 감정을 주체하지 못하는 아드리안느 공주.

흐르는 눈물을 닦지도 못하고 흐릿한 영상으로 카온을 눈에 담았다.

"순결한 검의 영혼을 소유한 기사여, 저를 위하여 검을 드시겠나이까?"

"저의 순결한 검은 그대를 위한 것. 지옥이라도 가라시면 명대로 하겠나이다."

섬김의 레이디의 대사.

오직 자기만을 섬기는 기사가 있을 때에만 할 수 있는 레이디와의 맹약.

"용맹하고 충성스러운 검의 영혼을 가진 기사여, 그대가 들고 있는 검에 맹세하여 저와 영원히 함께할 것입니까?"

"내 용맹하고 충성스러운 검이 부러지는 그날까지 목숨으로 그대와 함께하겠나이다."

"기사여, 나 아드리안느 칸 파오니아의 이름으로 그대를 나의 기사로 임명합니다. 이제 죽음과 망자의 신 데카이론님이 우리를 가를 때까지 그대의 검은 나의 검이요, 그대의 생명은 나의 생명입니다. 나의 기사여! 그대는 이제부터 나의 자랑입니다."

"아드리안느 칸 파오니아, 나의 섬김의 레이디를 위하여 프리 나이트 바람의 카온은 지금부터 영원히 레이디의 명예를 위하여 검을 들겠나이다. 검투와 진실의 주관자이신 판데온님의 이름을 빌어 피로써 맹세합니다."

주륵.

검을 들어 서슴없이 손바닥을 가르며 피를 뿜어내는 카온.

'이제 그대와 영원히 함께할 것입니다.'

부욱.

아드리안느는 솟구치는 눈물을 참으며 드레스의 치맛단을 찢었다.

레이디, 그것도 귀족가의 여인으로서는 할 수 없는 행동이지만 자신을 섬기는 기사를 위하여 맹약의 손수건을 걸어주어야 했다.

지금 손수건이 없기에 푸른 드레스를 찢어 검에 찢긴 손을 감싸주는 아드리안느.

아드리안느는 따뜻한 남자의 피에 몸서리쳐지는 감동을 온몸으로 받았다. 그리고 눈을 들어 자신만을 바라보는 남자의 눈을 바라보았다.

겨울 밤, 깊은 어둠을 간직한 하늘의 성좌처럼 빛나는 남자의 눈을.

'내가 지켜준다.'
아드리안느 공주는 나의 생명이었다.
다시 찾아온 기회, 오직 생명을 다하는 최선이 있을 뿐이었다.
'따뜻하다……'
헬렌 후작가에서 죽음의 위기에 빠져 태양신의 신전으로 떨어졌을 때도 이렇게 아낌없이 상처를 돌보아주던 아드리안느 공주.
따뜻한 그녀의 손길에 가슴이 훈훈해졌다.
"너는 누구냐! 누구이기에 감히 아달톤 제국의 황제 폐하와 진실과 검투의 신 판데온님의 일을 방해하느냐!"
귓가로 들려오는 오만한 자의 음성.
고개를 들어 음성이 들려오는 결투장의 상단에 위치한 곳을 바라보았다.
"나는 프리 나이트 카온. 섬김의 레이디를 위하여 검을 들러 온 것이오. 그 어떤 이가 오더라도 이는 멈출 수 없소. 프리 나이트의 맹약이기에."
"이, 이 건방진 프리 나이트 같으니라고! 그딴 것도 기사라고 감히 이 자리를 방해하느냐! 진정 죽고 싶더냐!"
얼굴이 벌겋게 달아올라 분노하는 자의 모습.
"후후, 섬김의 레이디를 위하여 검을 드는 자리. 나를 막을 권리는 그 누구에게도 없소. 방금 전 판데온님께 피로 맹세하였듯이 나의 검과 의지는 확고하오."
숨을 한 번 내쉬고는 천천히 입을 열었다.

"그리고 이 자리는 진실을 가리는 신의 심판장. 그 누구도 나의 정당한 권리를 방해할 수는 없소. 검투와 진실의 신 판데온님의 이름으로!"

"이이이!!"

결투장 상단에 서서 더 이상 얼굴이 벌겋게 달아오를 수 없을 정도로 분노를 표하는 자.

그 옆에는 판데온 신을 모시는 사제들이 엄숙한 표정으로 성직자 로브인 하얀 법복을 입고 서 있었다.

'신의 자리에 네가 설 자리는 없다, 론스온 공작.'

이곳에 도착해 카이니스 상단지부 책임자에게서 저자가 오늘 아달톤 제국 황제의 명을 집행하러 온 론스온 공작이라는 것을 알았다.

"진실과 검투의 신이신 판데온님의 신실한 종들께 진실의 결투를 시작하기를 간청하나이다. 신께서도 지금 진실이 밝혀지기를 원하시고 있을 것이옵니다."

흥분한 공작 놈을 진실을 가리는 이 자리의 주관자에서 밀어내야 했다. 그래야 명분있는 검을 들 수 있기에.

"판데온님의 신실한 종으로서 묻노니, 그대는 기사임이 맞는가?"

"여기 기사의 반지가 있나이다."

팟.

프리 나이트 기사임을 상징하는 반지에 내공을 불어넣자 기사의 반지가 푸르게 빛났다.

"기사가 합당하도다. 이제 신께서 허락한 진실의 결투를 신의 이름으로 명하노라! 진실과 거짓을 판명하는 것은 오로지 신의 몫. 모두 신의 정의를 따르라!"

판데온의 사제가 명을 내리자 아무 말도 못하는 론스온 공작.

"아드리안느 공주님, 잠시만 물러나 계십시오."

아직까지도 드레스 자락으로 묶인 손을 잡고 있던 아드리안느 공주가 얼굴을 붉히며 손을 놓았다.

순간 느껴지는 묘한 아쉬움을 뒤로하고 결투장의 중앙으로 향하였다.

"크하하! 나의 검을 프리 나이트 애송이가 막겠다고? 슬라임이 오크 무서운 줄 모른다더니, 네놈이 그 짝이로구나!"

결투장의 중앙에 서자 거대한 몸을 자랑하는 기사가 무식하게 큰 대검을 들고 나타났다.

'제법이군.'

소드 마스터만이 뿜어낼 수 있는 오러를 온몸에서 물씬 풍기며 나타나는 자.

적어도 몇 수는 받아낼 것 같았다.

"기사는 오로지 검으로 말한다. 슬라임에게도 물리면 죽을 수 있다는 것을 모르는 것 같군."

"뭣이! 건방진 프리 나이트 애송이가!"

"후후후."

지름이 20샤이 정도 되는 거대한 결투장.

10샤이 정도에서 사각턱을 가진 놈과 마주하였다.

창!

"흐흐, 죽여달라 하면 죽여줘야지."

묵직하고도 맑은 검명을 터뜨리는 거대한 검.

잘 만들어진 명검이 분명하였다.

스르릉.

그에 반해 부드럽게 울리며 뽑히는 묵룡.

거대한 놈의 검 앞에 제법 장검인 묵룡이 초라해 보였다.

'마나가 요동치는군.'

말은 사납게 하면서도 자세는 신중한 사각턱.

그의 온몸에서 소드 마스터만이 풍길 수 있는 마나의 기운이 소용돌이쳐 나왔다.

"오오오! 엄청난 오러 소드다!"

"역시 소드 마스터!"

위이잉!

"호호호, 애송이."

오만한 웃음과 함께 사각턱의 거대한 검에서 뿜어지는 짙고 푸른 검강.

순간 모여 있던 자들의 입에서 환호성과 함께 감탄성이 절로 터졌다.

"소울 가드를 착용하라. 죽어서 후회하지 말고."

"뭣이? 네놈 하나를 상대하는 데 소울 가드를 착용하라고? 푸하하! 지나가던 오크가 웃겠다."

"후회는 아무리 빨라도 늦는 법. 지옥에 가서 후회하거라."

묵룡을 잡은 손이 자연스럽게 아래로 향해 있었다.

"이놈이!"

자기를 무시하는 줄 알고 흥분하는 사각턱.

붕붕!

대검을 휘두르자 검강의 기운이 사각턱의 주위로 빛무리를 만들며 퍼져 나갔다.

"……."

모든 이들이 넋이 나가 보고 있었다.

기사라 할지라도 소드 마스터의 검강은 쉽게 볼 수 없기에 눈이 뚫어져라 보고 있었다.

'바보군.'

자신이 죽을 줄도 모르고 무식하게 힘만 자랑하는 사각턱.

"죽어라! 플레임 소드!"

파바밧!

소드 마스터는 깨달음을 얻은 자.

비록 소울 가드를 착용하지 않았지만, 그 공격 속도는 극쾌.

거대한 검에서 뿜어지는 불꽃의 오러가 하늘을 뒤덮어왔다.

"오오!"

"소드 마스터의 오러다!"

소드 마스터의 진정한 힘을 보는 것은 쉽지 않은 법.

기사와 귀족들 모두 경탄을 터뜨리며 입을 다물지 못하고 있었다.

'제법이군.'

소드 마스터의 오러 소드, 중원에서는 검강이라 불리는 경지로 일류 이상의 고수가 펼치는 수법.

묵직하게 단전에서 휘몰아치는 내공을 묵룡에 담았다.

위이잉―

손에 느껴지는 묵직한 감각.

어느새 눈앞에 다가온 검격을 태극의 묘리에 따라 부드럽게 휘감기 시작하였다.

까가강!

깡!

묵룡의 검신과 부딪치는 대검에서는 연신 오러가 사방으로 튀었다.

"죽어!"

휘이이잉—

바람을 가르는 검강의 무서운 파괴음.

차작.

오행칠성보를 펼쳐 가볍게 거검을 피하였다.

그리고 거검의 옆면을 묵룡의 검신으로 찔러대었다.

땅!

위이잉—

검면의 중심을 타격하자 맑은 소리와 함께 사각턱의 거검이 일순간 진동을 하였고, 사각턱은 뒤로 연거푸 몇 걸음 물러나며 당혹한 표정을 지었다.

"네, 네놈은 누구냐!"

일찍도 물어오는 사각턱.

얼굴에는 놀람이 가득하였다.

"아드리안느 공주의 명예로운 기사 카온, 내 이름은 카온이다."

오연히 묵룡을 오른손으로 잡고 자연스러운 자세를 취하였다.

"네놈을 갈기갈기 찢어 오크의 먹이로 주리라!"

휘리리링!

사각턱의 온몸에서 요동치는 마나의 폭풍.

일반 사람들에게는 보이지 않지만 마나를 아는 이들에게는 본능적으로 보일 것이다.

연기처럼 뿜어 나오는 소드 마스터의 강력한 오러의 폭풍이.

'아니, 대체 저놈이 누구이기에 리턴 후작이 온 힘을 다하는 것인가?'

론스온 공작은 쉽게 일이 풀리지 않자 인상을 찌푸렸다.

설마 리턴 후작이 패하지는 않겠지만, 만약 그런 일이 발생하면 모든 계획에 차질이 생긴다.

판데온 신의 이름 앞에 펼쳐지는 결투에 이의를 달 수도 없고, 그렇게 되면 공주를 모함하여 공국을 집어삼킬 명분이 사라지는 것이다.

'설마 아니겠지. 리턴 후작이 누구이던가. 나와도 동수를 이루는 강자가 아니던가.'

애써 마음 한구석에서 이는 불안감을 떨치며 결투장을 바라보는 론스온 공작.

그의 눈에 리턴 후작이 온 힘을 개방하는 모습이 불안스럽게 보였다.

"헬리언 급 소울 가드다!"

"우와와와!"

갑자기 터져 나오는 파란 빛줄기에 귀족들까지 환호성을 질렀다.

헬리언 급 소울 가드.

엄청난 국력을 자랑하는 제국에서도 십여 기를 넘지 못하는 강력한 소울 가드가 지금 모습을 드러내고 있었다.

이곳 파오니아 공국에서는 오직 라이돈 공작만이 보유하고 있는 소울 가드가 모습을 드러낸 것이다.

'후후, 이제 한번 놀아볼까.'

나의 여인을 무시한 대가.

오늘 저들은 내 여인을 무시한 대가를 치욕으로 톡톡히 받게 될 것이다.

'묵호! 부탁한다.'

―마스터의 뜻을 따르옵니다.

위이잉―

단전에 가득한 내공이 쑤욱, 빨려 나가는 느낌.

그리고 순식간에 착용되는 묵호의 친밀한 감촉이 온몸에 느껴졌다.

―마스터, 소울 가드 완벽 재생. 지속 시간은 4투론 이상. 마법 방어력은 8써클 방어에 근접. 물리적 방어력도 완벽한 상태이며, 싱크로율도 최대 수치입니다.

평소와는 확연히 다른 듬직한 묵호의 음성.

"뭐, 뭐야? 노멀 급이잖아."

"하하, 애송이 프리 나이트가 죽으려고 작정을 했군."

검은빛을 풍기는 묵호를 보고 비웃음을 터뜨리는 사람들.

'후후후……'

"꼴에 어디서 소울 가드는 구하였구나, 흐흐."

자만한 사각턱의 비웃음.

그 비웃음의 대가로 처절한 공포를 심어주기로 마음먹었다.

"뒈져라! 애송이~!"

취아악!

푸른 빛이 감돌며 눈부신 광채를 내뿜는 헬리언 급 소울 가드.

소울 가드를 통하여 변형된 목소리가 들리는가 싶더니, 어느새 엄청난 속도로 짓쳐들고 있었다.

'검은 검으로!'

위이잉!

묵룡에 강력한 내공을 불어넣었다.

순간 묵룡에서 분노의 청염이 파랗게 뿜어져 나왔다.

"타앗!"

태극혼원기공을 운용하자 태극의 기운이 휘몰아치는 묵룡.

허공으로 치솟은 상태에서 달려오는 사각턱의 검을 가볍게 묵룡으로 내려쳤다.

콰과광!

쩌저적.

검강과 검강이 부딪치는 엄청난 충돌음.

결투장의 흙이 충격파를 이기지 못하고 사방으로 튕겨져 나갔다.

'진정한 검이 무엇인지 가르쳐 주마!'

윙~!

더욱 강력하게 내공을 불어넣자 묵룡에서 3샤이가 넘는 검강이 화룡의 불길처럼 일렁였다.

콰과광!

그리고 이내 내려치는 연달은 검격.

한 수 한 수가 무식해 보이지만 쾌와 중의 묘를 살린 제대로 된 일격들.

"어…… 어!"

콰광! 콰광!

억! 소리도 못 내고 하늘에서 찍어대는 검을 막아내기에 바쁜 사각틱.

이제야 공포에 젖은 것 같았다.

"소, 소드 마스터다!"

"어떻게 저 나이에……!"

비웃고 있다 충격으로 웅성대는 사람들의 음성이 예민한 귀로 들렸다.

치이익.

묵룡의 검신이 사각틱의 소울 가드에 살짝 닿자 치지직거리며 복구하는 헬리언 급 소울 가드.

'죽을 때까지…… 후후.'

점점 잔인해져 가는 나.

무당의 현묘한 검술들을 마음껏 펼치며 사각틱의 소울 가드에서 불꽃을 만들어내었다.

치이이익.

―마스터, 물리적 방어력 50퍼센트 감소. 잠시 후 위험 수위에 도달할 것 같습니다.

'이이이! 지금 이게 무슨 일이란 말인가!'

프리 나이트 애송이가 아니었다.

소드 마스터, 그것도 소드 오러를 자연스럽게 마음대로 조종하는 소드 마스터 중의 소드 마스터가 분명하였다.

거기에다 듣도 보도 못한 신묘한 검술이 카온이라는 자의 손에서 펼쳐지고 있었다.

리턴 후작은 죽을힘을 다하여 방어하였다.

그러나 한 번의 공격에 반드시 하나의 상처를 입었다.

공포.

수많은 전장과 수많은 결투에서 한 번도 느껴보지 못했던 죽음에 대한 공포가 스멀스멀 머리에 장식되어 갔다.

'으아아아아아!'

공포를 떨쳐 버리고 싶어 소리를 쳤지만, 이미 온 마나가 검과 소울 가드에 들어간지라 입 밖으로 낼 힘도 없었다.

그저 눈앞으로 다가오는 검격을 죽는 순간까지 막는 수밖에.

"헉……!"

론스온 공작의 입에서 신음이 자연스럽게 흘러나왔다.

말도 안 되는 상황.

감히 공국에 그 누가 있어 소드 마스터 중급의 리턴 후작을 상대할 수 있으랴 싶었다.

그렇기에 확고한 명분을 쌓고자 신의 이름으로 진실의 결투를 벌였다.

그러나 지금 그 완벽하려고 했음이 발목을 잡고 있었다.

주변 왕국과 제국의 눈치를 보더라도 강제로 공국을 합병하였어야 했다는 후회가 물밀듯이 밀려왔다.

'저…… 저자는 누구란 말인가? 바람의 카온……. 많이 듣던 이름인데. 아니, 설마 그럼 저자가!!'

순간 얼마 전 온 대륙을 떠들썩하게 했던 한 사건이 머리를 스쳤다.

　홀로 제이니스 제국의 소드 마스터 공작과 기사단을 상대하여 패퇴시켰다는 인물.

　있을 수 없는 일이기에 그저 뜬소문으로 치부하였건만, 지금 그 소문이 사실일지도 모른다는 공포에 빠져들었다.

　'안 돼!! 만약 저자가 그자라면!'

　상상하기도 싫었다.

　공작은 리턴 후작의 힘겨운 결투에 눈을 감아버렸다.

　감히 신의 이름을 빌어 욕망을 채우려던 자신의 어리석은 욕심을 한탄하면서.

　"아!"

　눈물이 흐르는 것을 꾹 참고 있는 한 여인.

　태양의 황금빛이 부럽지 않은 금발을 바람에 날리며 두 손을 꼭 쥐고 기원하는 한 여인.

　진실하게 바라는 것을 신께 구하면 이루어진다 하였던가.

　지금 여인의 간절한 소망이 꿈이 아닌 현실이 되었다.

　'나의 기사여! 진실로 그대는 신의 사자입니다.'

　그녀의 기사가 악마 같은 제국에서도 가장 잔인하고 사악한 리턴 후작이라는 자를 숨 쉴 틈도 주지 않고 몰아치고 있었다.

　너무나 당당하고 늠름하게.

　그 모습 하나하나가 알알이 아드리안느의 가슴에 박혀들어 왔다.

　단 한 모습도 놓치지 않고, 아까워 눈 한 번 감지 못하는 아드리안느.

　지금 그녀의 심장은 이상하게도 평온하였다.

믿음에서 오는 평온.

오랜만에 찾아온 지극한 평온에 아드리안느는 입가에 작은 미소를 지었다.

그녀의 기사가 분명 승리할 것이라 확신하면서.

"탓!"

맑은 기합이 터지고, 연속된 대결로 인하여 뿌옇게 먼지 낀 결투장에 번쩍하고 푸른 빛이 폭발하였다.

쾅!

"크윽……."

거대한 굉음과 함께 뿌연 먼지가 두 사람의 힘에 못 이겨 하늘로 치솟아올랐다.

"꿀꺽."

결투장을 바라보던 사람들의 입에서 마른침이 자연스럽게 넘어갔다.

아드리안느 공주와 파오니아 공국의 운명을 놓고 벌이는 한판의 결투.

모든 이들이 숨죽이고 결투장을 바라보고 있을 때, 먼지가 서서히 걷히며 승패가 드러났다.

"세, 세상에 지옥의 사자가……!"

"프리 나이트 기사가 이겼다!"

처참한 신음과 함께 결투장 바닥에 뒹굴고 있는 한 남자.

제국에서도 오만한 기사로 소문난 리턴 후작이 입가에 피를 흘리며 바닥에 널브러져 있었다.

얼마나 강한 힘에 부서진 것인지 소울 가드조차 몸에서 풀려 깨진 채 바닥에 널려 있었다.

모두가 믿을 수 없다는 표정으로 보고 있는 광경.

프리 나이트가 멍한 눈으로 바닥에서 상체를 일으키고 있는 리턴 후작의 목에 검을 대었다.

"그대가 졌다."

"크윽……."

울컥.

검이 목에 닿자 내상과 분노가 겹쳐지며 울컥 핏덩어리를 토하는 사각턱 후작.

평범해 보이는 마지막 일수에 담긴 강력한 중수법의 내가기공에 기혈이 박살났을 것이다. 몇 년간 검을 들 수 없을 정도로.

저벅저벅.

폐인이 된 사각턱을 뒤로하고 두 손 모아 기도하고 있는 공주에게로 다가갔다.

'눈물 많은 여인…….'

처음 만났을 때도 푸른 호수에 맑은 이슬을 가득 담고 있었다.

지금도 아무 말도 못하고 눈물로 말하고 있었다.

척.

"섬김의 기사가 레이디의 명예를 지켰나이다."

주먹을 쥐고 오른팔을 심장에 대는 기사의 인사.

"수, 수고하였습니다, 나의 기사여. 그대의 검에 저는 진심으로 감사함을 느낍니다, 나의 자랑스러운 기사여……."

촉촉이 젖은 아드리안느 공주의 목소리가 침묵으로 변한 장내에 아름답게 울려 나갔다.

짜짝! 짜짝!

누군가가 손뼉을 치는 소리가 들려왔다.

짜자작! 짜자작! 짜자작!

"와와아아아아! 프리 나이트가 승리했다!"

"파오니아 공국 만세!!"

"아드리안느 공주 만세!"

곧이어 박수 소리가 울려 퍼졌고, 사람들의 만세 소리에 귀가 멍멍해질 정도로 사방에서 함성이 쏟아졌다.

지난 세월 아달톤 제국에 당하였던 공국 귀족들의 울분이었던가. 제국의 공작과 기사단이 있음에도 귀족들은 미친 듯이 박수를 치며 환호하였다.

'이런 빌어먹을!'

구겨질 대로 구겨진 론스온 공작의 얼굴.

설마하였건만 현실로 드러난 패배에 론스온 공작은 이성을 잃을 지경이었다.

이곳에 판데온 신전의 성직자들만 없었다면, 기사단을 동원하여 깡그리 죽여 버리고 싶었다. 그러나 신의 이름으로 행한 일이었기에 터질 것 같은 분노를 참아야 했다.

아무리 제국이라 할지라도 신의 이름 앞에서는 한낱 인간일 뿐이기에.

"신께서 아드리안느 공주의 무죄를 밝히셨노라! 진실의 결투는 공정하였고, 판데온님의 의지는 확고하게 보였노라! 이에 진실을 밝히시는 판데온님의 이름으로 아드리안느 공주의 무죄를 선포하노라!"

론스온 공작이 말릴 사이도 없이 판데온 신전의 대사제가 선언해 버렸다.

일순간 허탈함에 빠진 론스온 공작.

잠시 후 그의 눈에서는 악독한 기운이 줄기차게 뿜어져 나왔다.

'흐흐, 너희를 모조리 다 죽여 버리리라. 감히 내가 있는 곳에서 나를 능멸하다니!'

아니, 본래부터 모두 다 죽이기로 마음먹고 있었다.

다만 이제 그 죽이는 방식이 더 잔인해질 뿐이었다.

"각하, 어떻게 하시겠습니까?"

동행한 팰카인 백작이 분노에 찬 목소리로 물어왔다.

기사단을 동원해야 할지 결정하라는 것이다.

"오늘은 때가 아니오. 이만 돌아가도록 합시다."

카온이라는 강력한 소드 마스터가 있는 이상 이곳에 있을 필요가 없었다. 더욱이 판테온 신전의 성기사들까지 있기에 더 이상 무리할 필요가 없었다.

"와아아아아! 파오니아 공국이여, 영원하라!"

등을 돌려 사제들에게 인사를 하고 사라지는 론스온 공작의 귀로 파오니아 귀족들의 함성이 힘차게 파고들었다.

으드득.

'반드시 네놈들을 갈기갈기 찢어 죽일 것이다!'

황도로 돌아가 황제에게 보고해야 하는 문제로 머리가 지끈지끈했다.

언제나 자신의 등 뒤를 노리고 있는 귀족들에게 오늘의 결과는 좋은

구실을 줄 것이기에.

"제국의 분노가 하늘을 찌를 것입니다."

"그렇습니다. 론스온 공작 각하께서 간다는 말도 없이 사라졌습니다. 이러다가는……."

'쓸모없는 자들.'

이런 자들로 인하여 이 왕국이 공국이 되었고, 이제는 제국에 흡수될 지경에 이른 것이리라.

"그럼 어떻게 할까요? 제가 없는 죄라도 지어 제국에 이 왕국을 헌납해야 하나요? 아니면 어떻게 해야 하나요?"

"아니, 그런 게 아니오라……."

공주의 추상같은 목소리에 입이 쑥 들어간 귀족들.

모두 내 눈치를 보느라 입 밖에 내고 싶은 본심을 드러내지 못하고 있었다.

"오늘 저의 죄없음을 밝혀주신 나의 기사가 이 자리에 있습니다. 그대들이 모두 제국을 칭송하며 생명을 부지하고자 할 때, 나의 기사만이 저의 죄없음을 밝혀주었습니다. 오늘 일을 저는 기억할 것입니다. 제국이 무서우면 왕국을 떠나세요. 이제 더 이상 그대들에게 의지하지 않을 것입니다."

"음……."

공주의 폭탄선언에 귀족들의 얼굴이 썩은 돼지 간처럼 되어갔다.

결투에서 승리하여 판데온 신전의 대사제에게 죄없음을 확인받은 공주.

그녀는 제국의 공작과 주요 인사들이 소리도 없이 사라지자 나를 이끌고 왕궁으로 들어왔다. 그리고 그녀의 뒤를 따라온 십여 명의 귀족들이 지금 명을 재촉하고 있었다.

"떠나세요. 파오니아 왕국의 이름을 되찾는 데 간약한 자의 혀는 필요없습니다. 필요한 것은 오직 충신들의 뜨거운 피뿐입니다."

부러질 것만 같은 연약한 몸에서 풍겨 나오는 위엄.

귀족들의 얼굴이 벌겋게 달아올랐다.

"나의 기사여, 아바마마를 찾아뵙도록 해요. 아마 그대를 보면 기뻐하실 겁니다."

언제 싸늘한 한기를 풍겼냐는 듯, 아름다운 목소리로 눈가를 반짝이는 아드리안느 공주.

작게 고개를 끄덕였다.

"호호, 올봄은 어떤 봄보다 따뜻할 것 같아요. 지난겨울이 혹독하게 추웠으니 말이에요."

의미심장한 말을 남기며 앞장서는 공주의 사뿐한 발걸음.

쓰윽.

움찔.

얼굴이 달아오른 귀족들이 머뭇거리자 조용히 한 번 바라봐 주었다.

그러자 움찔 놀라며 눈길을 피하는 귀족들.

그들에게서 시선을 떼고 공주의 뒤를 따랐다.

앞으로 내가 보호해야 할 여인.

한시라도 떨어져 있으면 아니 되었다.

'바로 이것이었어.'

오랜 시간 방황하다 집에 돌아온 것처럼 편안한 기분이 온몸을 휘감았다.
　누군가를 지켜준다는 의미.
　지켜본 자만이 아는 행복이었다.

제55장

파오니아 왕실에 부는 바람

"**아**바마마, 눈 좀 떠보세요. 아주 귀한 분이 오셨어요."

화려하지만 죽음의 기운이 가득 돌고 있는 방.

아드리안느 공주가 침대에 누워 있는 한 남자에게 다정스럽게 말을 꺼내고 있었다.

"호호호, 저를 수호해 주는 기사가 왔어요. 제가 예전에 말씀드렸죠? 태양신 피요르님께서 이 왕국과 저를 수호할 귀한 분을 보내주실 거라고요. 맞아요. 바로 이분이 그분이랍니다."

뭐가 그리 좋은지 눈도 뜨지 못하는 아버지를 바라보며 종알거리는 아드리안느 공주.

'뭔가 수상하군. 저 정도면 이미 죽었어야 하는 것인데.'

누워 있는 국왕의 몸에서 풍기는 기운은 아주 불규칙하였다. 살아 있는 사람의 몸에서 풍겨 나오는 기운이라고는 전혀 볼 수 없는 기운.

뭔가 수상하였다.

"아바마마, 이제 두려워하지 않을 거예요. 이 왕국을 위하여 최선을 다할 것이에요. 나머지는 신의 뜻임을 오늘 소녀는 확실히 알았답니다, 호호."

아비에게 자신의 다짐을 이야기하는 아드리안느.

예전 소소 공주도 저리 아비를 사모하였었다.

"내일은 모든 귀족들 앞에서 저의 기사에게 작위를 줄 것이에요. 아무도 무시하지 못할 작위를 말이에요."

'당당한 여인이군.'

부드러우면서도 당당함을 갖춘 여인이었다.

아무리 내가 소드 마스터라 해도 제국을 두려워하는 본능이 더 클 귀족들 앞에서 나에게 작위를 준다 하였다.

그 말은 조금 전과 같이 썩은 귀족들과 정면으로 대립하겠다는 이야기였다.

"나의 기사여, 저의 아버지이자 이 나라의 국왕 폐하이신 무크니온 칸 파오니아 7세이십니다."

"프리 나이트이자 아드리안느 공주님의 섬김의 기사 카온, 국왕 폐하께 인사를 올립니다."

척!

오른팔을 심장에 대는 기사의 인사를 올렸다.

파오니아 왕국의 국왕이지만 나의 주군은 아니었다.

그런 까닭에 기사의 예만으로 충분하였다.

"호호, 아바마마도 카온님을 뵈어서 든든하답니다. 저를 잘 부탁하신다고 말씀드리라는데요."

국왕의 손을 잡고 다정하게 말을 전하는 아드리안느.

누가 그녀를 얼마 전까지 제국에 죄를 짓고 죽음 앞에 놓인 여인이라 할 수 있겠는가.

'감사합니다. 당신이 있기에 제가 당당하답니다.'

자신만의 기사가 옆에 있다는 것만으로도 이렇게 든든하고 당당해질 수 있다는 것이 신기하였다.

불과 얼마 전까지만 하여도 대죄를 진 죄인이었건만, 지금은 세상 모든 것이 내 것 같아 보였다.

아드리안느 공주는 혹시나 자신이 자꾸 바라보는 것을 들킬까 조심스러웠다.

두근두근.

비록 수수한 여행자 로브를 걸치고 있지만 풍겨 나오는 압도적인 기운을 감추지 못하는 남자.

바람의 카온이라 불리는 남자에게 공주는 이미 마음을 빼앗겨 버렸다.

자신의 생이 다할 때까지 그녀를 수호할 것이 분명하였기에.

"공주 마마, 제가 국왕 폐하의 옥체에 잠시 손을 대도 되겠사옵니까?"

"네에? 알겠습니다."

갑작스러운 말에 잠시 놀라는 표정의 아드리안느. 그러나 금세 고개를 끄덕이며 허락하였다.

나를 완전히 믿는 것이다.

공주의 허락이 떨어지자 가까이 다가가 국왕의 상태를 살폈다.

이제 오십의 나이라 알고 있는 국왕이지만, 보기에는 이제 살날이 얼마 남지 않은 칠십대의 노인 같았다.

스윽.

손을 뻗어 조심스럽게 완맥을 잡았다.

'너무나 미약하다. 그리고 이 기운은??'

뛰지 않는 듯 뛰는, 미약하고도 불규칙한 국왕의 맥.

거기에다 무언가 알 수 없는 기운이 느껴졌다.

―마스터, 악신의 저주입니다. 그것도 상당히 강한 기운이군요.

'악신?'

갑작스러운 묵호의 이야기.

악신의 저주라면 나도 어찌할 수 없는 것이었다. 그리고 악신의 저주가 아니라도 이미 기력이 너무나 쇠약해져 있었다.

"무슨 일이 있나요?"

잠시 악신의 저주에 대해 생각하며 인상을 쓰자 다급히 물어오는 공주.

왕실 사정도 알지 못하는 상태에서 아직은 이야기할 때가 아니었다.

"아무것도 아닙니다."

"네에……."

나의 대답에 힘없이 대답하는 공주.

아마도 내가 기적을 일으켜 줄 것이라 기대한 것 같았다.

"공주 마마, 제가 국왕 폐하의 건강이 더 이상 악화되는 것은 막아보겠습니다. 그러니 너무 심려치 마십시오."

"저, 정말요? 정말 그렇게 해주실 수 있나요?"

믿을 수 없다는 표정을 지으며 다시 물어오는 공주.

"그렇습니다. 저를 믿으십시오."

"아! 감사해요, 정말 감사해요!"

와락.

'헉……'

감사하다는 말과 함께 갑자기 품에 안겨오는 공주.

순간 정신이 아득해졌고, 익숙한 향기가 코끝에 전해져 왔다.

'내 여인의 향기……'

꿈에서도 그리던 내 여인의 향기가 영혼을 가득 메웠다.

지그시 눈을 감고 그 향기를 깊숙이 들이켰다.

그리고 품에 안긴 공주의 가냘픈 몸을 부드럽게 안았다.

'아……'

너무 기쁜 나머지 남자의 품에 안긴 아드리안느.

정신을 차렸을 때는 이미 남자의 두 팔이 꼬옥 그녀를 안고 있었다.

벗어날 수도, 아니, 벗어나고 싶지 않은 남자의 품.

태양신의 신전에서 처음 만났을 때도 이러하였다.

숨이 막힐 듯 안아오며 사랑한다 고백하던 남자.

바로 지금 품 안 가득 공주를 안고 있는 이 남자, 바람의 카온이었다.

사락.

남자의 팔에 힘이 더해지자 남자의 넓은 어깨 사이로 더욱 깊이 고개를 파고들었다.

‘아…….’

다시 터지는 신음.

남자의 체취에 정신을 차릴 수가 없었다.

강렬하면서도 야릇한 남자의 체취, 평생 잊을 수 없는 것이었다.

덜컹.

“아바마마, 누님!”

“어멋!”

“음…….”

갑자기 국왕 침전의 문이 덜컹 열리며 한 소년이 뛰어들어 왔다.

침상에 누워 있는 왕을 아비라 부르고, 아드리안느 공주를 누님이라

부르는 소년.

품속에 안겨 있던 아드리안느 공주가 놀라며 황급히 품에서 벗어났

다.

─크으! 조금만 더…….

귀에 들려오는 묵호의 신음 소리.

입이 헉! 하고 벌어졌다.

‘묵호! 너!!’

─마스터, 그것이…… 헤헤.

아무리 경험이 공유된다 하여도 이것은 아니었다.

‘나중에 보자! 으득.’

빨리 깨달음을 얻어 묵호를 완벽하게 통제해야 했다. 그렇지 않으면

감추고 싶은 은밀한 내 삶이 묵호와 공유될 테니 말이다.

“헤헤, 누이, 전 못 봤습니다.”

"아, 안토니안, 어서 오너라."

말을 더듬으며 옷매무새를 다듬는 아드리안느.

당황하는 그녀의 모습이 귀여워 보였다.

'안토니안 왕자군. 그런데 저리 병약하다니.'

개구쟁이 같은 맑은 웃음을 짓는 십오 세쯤 되어 보이는 소년.

길게 자란 청금발에, 아드리안느 공주를 닮은 파랗고 큰 눈을 가진 소년.

한눈에 봐도 너무나 병약해 보였다. 여자인 아드리안느 공주가 더 튼튼해 보일 정도로.

"누님, 오늘도 밖에 나가면 안 되나요? 햇빛도 밝고 좋은데 말이에요."

아드리안느 공주의 곁으로 다가와 아비의 손에 입을 맞추고 밖으로 나가도 되느냐고 묻는 안토니안 왕자.

왕자를 바라보는 공주의 눈에서 근심이 엿보였다.

"안토니안, 조금만 기다리자꾸나. 좀 더 날씨가 따뜻해지면 이 누이와 같이 나가자꾸나."

"헤헤, 알겠어요. 그냥 한번 해본 소리예요."

누이의 마음을 헤아리는 안토니안 왕자.

그 나이에 맞게 밖에 나가 힘차게 뛰놀고 싶을 것이다.

"그런데 누님, 이분이 바로 프리 나이트 카온이란 분이신가요?"

"벌써 소문이 돌았느냐?"

"헤헤, 이곳에 오다가 시비들이 하는 이야기를 들었습니다. 누님에게 멋진 기사가 나타나셨다고요."

맑게 웃으며 나를 바라보는 안토니안 왕자.

'총명해 보이는군.'

헤헤거리며 웃지만 눈빛은 속일 수 없었다.

푸른 눈동자 사이에 반짝이는 총기를 놓치지 않았다.

"프리 나이트이자 아드리안느 공주의 섬김의 기사 카온이 안토니안 왕자님을 뵙습니다."

다시 올리는 기사의 예.

"안토니안 칸 파오니아라고 합니다. 앞으로 잘 부탁드리겠습니다, 바람의 카온 기사님."

가볍게 고개를 숙여 목례를 올리는 안토니안 왕자.

작고 병약한 몸에서 자연스레 왕자의 위엄이 풍겨져 나왔다.

—마스터, 이곳 사람들 모두가 악신의 저주에 걸렸군요. 이 소년도 얼마 지나지 않아 일어나지도 못하겠습니다.

'음, 악신의 저주라⋯⋯.'

심각한 문제였다.

아드리안느 공주를 제외한 왕족 모두가 악신의 저주에 걸려 있다는 소리.

공국은 밖으로나 안으로나 불안하였다.

"안토니안, 비록 카온님이 프리 나이트 기사이지만 이 누이를 구한 생명의 은인이시다. 대함에 있어 한 치의 실수가 없도록 하여라."

"누이의 말씀을 명심하겠습니다."

장난스럽지만 또한 어른스러운 안토니안.

아드리안느 공주의 동생이라 그런 것인지 더욱 호감이 갔다.

"누이! 배고파요. 하루종일 누워서 책만 보았더니 뱃가죽이 등에 달라붙었어요."

"안토니안! 또 책을 보았느냐? 분명 너무 무리하지 말라 했거늘……."

"헤헤, 누님도 잘 알면서. 전 밥은 안 먹을지언정 책은 읽지 않을 수 없어요. 차라리 절 왕궁 탑에 가두세요~!"

동생의 장난에 안타까운 미소를 짓는 아드리안느 공주.

보기 좋은 남매 간이었다.

"같이 가서 식사를 하시지요."

"정말이야? 야호~! 카온 기사님께 물어볼 것도 많았는데."

갑작스러운 공주의 초대.

"알겠습니다."

거절할 필요도 없거니와 공주의 안전을 위해 함께하는 것이 좋았다.

"공주 마마, 저녁 식사를 준비하겠사옵니다."

"네, 오늘은 3인 분의 식사를 준비해 주세요."

"명을 받듭니다."

문을 열고 밖으로 나오자 공주와 왕자를 따르는 시종들이 대기하고 있었다.

―오! 왕국에서의 정찬이라. 마스터 덕분에 오늘도 호강하겠습니다.

조용하다 싶었더니 먹는 이야기가 나오자 환호성을 지르는 묵호.

'공기가 어둡군.'

이 왕국, 아니, 공국의 운명을 알기라도 하듯 왕궁의 공기주차도 밝지 못하였다.

"그런데 카온 기사님, 정말 소드 마스터가 맞으세요? 다른 기사 분들에 비해 연약해 보이는데, 어떻게 깨달음을 얻으셨나요?"

일국의 왕자임에도 기사님이라 존칭을 사용하는 안토니안.

성군의 자질이 보이는 자였다.

"안토니안, 예절에 어긋나게 무슨 행동이더냐!"

"에이~! 뭐, 누님은 조금 전에 아바마마……."

"……."

안토니안 왕자가 말끝을 흐리자 사라락 얼굴을 붉히는 아드리안느 공주.

봄 매화처럼 싱그러운 향기가 미소 속에서 풍겨 나오는 것 같았다.

"왕자님도 저처럼 강해지실 수 있습니다."

"네에? 에이~ 설마요. 열다섯인데 검술의 기초도 다지지 못했어요. 그런데 어떻게 소드 마스터가 돼요. 그저 검이라도 마음껏 잡을 수 있다면 소원이 없겠어요."

아무리 공주를 구하였다지만, 일개 기사에게 꼬박꼬박 존칭을 사용하는 안토니안 왕자.

뚝.

뒤를 따라가다 걸음을 멈추었다.

"동생의 무례를 용서하세요."

갑자기 걸음을 멈추자 앞서 가던 두 사람도 걸음을 멈추었다.

그리고 동생을 용서해 달라는 아드리안느.

"안토니안 왕자님."

"네, 네에……."

뒤돌아선 안토니안 왕자의 두 눈을 직시하였다.

그에 겁먹은 왕자의 눈동자. 그러나 곧 당당한 눈빛으로 나를 마주 보았다.

'마음에 드는 놈이군.'

"연약한 의지를 가진 자의 꿈은 꿈일 뿐이지만, 꿈을 믿는 자의 강인한 의지는 바로 현실입니다. 믿는 바대로 이루어질 것입니다. 그 어떤 것이라도!"

"아……."

아드리안느 공주의 입에서 작은 탄성이 흘러나왔다.

'믿는 바대로 이루어지리라.'

아드리안느 공주는 안토니안 왕자에게 꿈을 심어주는 남자의 목소리에 가슴이 한없이 뜀을 느꼈다.

정말 어느 곳에서도 당당한, 남자다운 남자였다.

여타의 기사들이었다면 공주와 왕자 앞에서 주눅이 들었을 것이건만, 그는 아무런 거리낌 없이 직언을 하고 있었다.

그리고 공주는 남자의 말이 사실임을 알고 있었다.

공주의 믿음이 꿈을 현실로 만들었기에.

"정말 그 말에 책임지시겠습니까? 파오니아 왕자인 제 이름 앞에서 말입니다."

왕자의 명예를 걸고 눈에서 강렬한 빛을 뿜는 안토니안 왕자.

"명예의 기사 프리 나이트 카온의 이름으로 명백한 진실임을 확언해 드립니다."

파바박.

허공에서 왕자의 눈빛과 강렬히 부딪쳤다.

"좋습니다. 오늘부터 카온 기사님의 말대로 꿈을 믿겠습니다. 만약 기사님의 말대로 제 꿈이 이루어진다면, 안토니안 칸 파오니아의 이름

으로 약속해 드리겠습니다. 그 어떤 것이라도 카온님의 소원을 들어주
겠노라고."

"왕자님의 말씀을 믿겠습니다. 그런데 조건이 있습니다. 오늘부터
제가 왕자님의 검술 스승이 되겠습니다. 왕자와 기사가 아닌, 사부와
제자의 관계로 말입니다."

얻기 위하면 버려야 하는 공평한 법칙.

여기서 왕자의 운명은 바뀔 것이다.

"제자 안토니안이 카온 스승님을 뵙습니다."

생각할 것도 없다는 듯이 허리를 숙이며 인사를 올리는 왕자.

'쓸 만한 놈이군.'

공주의 행복을 위해 못할 것이 아무것도 없었다.

공주의 모든 인연이 또한 나의 인연이었기에.

"검술을 가르칠 때만 스승의 예를 받겠습니다. 앞으로 대파오니아
왕국을 이끌어가실 왕자님의 위엄을 기사로서 훼손시킬 수는 없습니
다."

"알겠습니다. 그리하도록 하겠습니다."

대파오니아 왕국을 이을 왕자라 칭하자 얼굴이 상기되며 당당한 목
소리를 내는 안토니안 왕자.

방금 전까지 부러질 것만 같던 왕자라고는 도저히 볼 수가 없었다.

'고맙고, 고맙습니다, 나의 기사여……'

다시 눈물이 흐르려는 것을 억지로 참고 있는 아드리안느.

한 남자가 나타나 하루 동안 일으킨 폭풍 같은 파란에 격동하고 있
었다.

제국의 음모에 맞서 당당히 공주를 구한 영웅의 길을 가다 이제는 사랑하는 아비의 생명을 붙잡아주는 신관의 역활에, 거기에 더하여 병약하여 언제 쓰러질지 모르는 왕자에게 삶의 희망을 주는 인생의 조언자까지.

아드리안느 공주는 지금껏 홀로 버티었던 시간들이 모두 꿈만 같았다. 그리고 이제 이 남자 없이는 다시 대지 위에 홀로 설 수 없을 것이라 예감하면서.

"헤헤, 배고파요~!"

분위기를 전환시키는 안토니안 왕자.

영특한 녀석이었다.

"가시지요, 공주님."

"네에, 카온님."

파격적인 내용의 말들이 오고 갔다.

멀찍이 따라오는 시종들이 듣지 못하도록 내공의 막을 형성하여 소리를 차단한 상태로 말이다.

그렇기에 우리 행동을 보고 어리둥절하는 시종들과 시녀들의 모습.

우리 셋만 아는 비밀이 만들어지는 순간이었다.

'내가 머물 곳, 내가 지킨다.'

내가 수호할 여인이 머무는 곳이 바로 내 집이었다.

어둡고 칙칙한 공기를 거두어내고, 생명과 힘이 샘솟는 활기찬 곳으로 만들리라 다짐하였다.

―마스터, 마스터의 말을 듣다 보면 제가 다 감동합니다. 정말 마스

터는 희대의 사기꾼이 분명합니다.

'컥……'

잘 나가다 한 번씩 염장을 지르는 묵호.

한 대 시원하게 팰 수 없는 것이 원통할 뿐이었다.

"카온님, 맛있게 드십시오."

"감사히 먹겠사옵니다."

"오늘부터 검을 가르쳐 주세요!"

왕실 전용 식탁이 이런 것이던가.

기사학교의 예의범절 과목에서 이런 것이 있다 들었지만, 막상 눈으로 대하니 할 말이 없었다.

사람과 사람이 친분을 쌓기 위해서는 가까운 곳에서 이야기를 나누며 식사를 하는 것이 좋다 하였다.

그런데 왕실의 식탁은 전혀 친분을 쌓기 위한 식탁이 아니었다.

'식탁의 길이가 10샤이라니.'

할 말을 잃고 멀찍이 떨어져 있는 공주와 왕자를 바라보았다.

"공주 마마, 식사를 올리겠사옵니다."

끄덕.

전통있는 왕실이라 그런 것인지 식당도 상당히 고풍스러웠다.

그런 식탁 주변으로 공주와 왕자, 그리고 나의 시중을 드는 시녀 십여 명이 대기하고 있었다.

따닥!

공주의 허락이 떨어지자 머리가 희끗한 시종장이 손뼉을 가볍게 쳤다.

─마스터! 오늘 메뉴는 뭘까요? 크으!

왕실의 정찬에 잔뜩 기대하고 있는 묵호.

묵호의 큰 기대 속에 식당과 연결된 주방의 두꺼운 문이 열리며 시종들이 음식을 들고 나왔다.

'오늘내일 망한다 하더니 먹는 것에는 아끼지 않는군.'

내일 세상이 멸망해도 오늘의 정찬은 포기할 수 없다는 귀족들 사이에 내려오는 말처럼 파오니아 왕실도 별반 다르지 않은 것 같았다.

시종들의 손에 들려져 나오는 은 접시에 담겨진 음식들.

각 음식에 맞게 뚜껑이 덮어져 나오고 있었다.

─크으, 냄새는 기가 막히는군요.

나의 코를 이용하여 먼저 침을 삼키는 묵호.

'응?'

그런데 막상 시종들이 내려놓은 네 개의 뚜껑 덥인 은 그릇에 의문이 갔다.

향긋한 냄새가 맞기는 맞는데 내가 익히 아는 향들이었다.

"차린 것은 없지만 많이 드십시오."

"식사에 초대해 주신 공주님의 은혜에 감사할 뿐입니다."

'정말 차린 것이 없군.'

묵호가 그리 기대하던 왕실 정찬의 실체가 드러나는 순간 공주의 말이 사실임을 알 수 있었다.

─헉! 이것이 뭣이여?

묵호의 외마디 비명처럼 정말 수수한 정찬.

고급스러운 은제 뚜껑이 열리고 드러난 네 가지 음식은 잘 구운 감자 두 개와 일반 가정에서도 먹을 수 있는 훈제 소고기 한 덩어리, 그리고 야채로 만든 샐러드와 꿀로 절여 익혀낸 과일 몇 개였다.

왕실의 정찬이라고 하기에는 한참 모자라는 수준이었다.

"오오! 오늘은 제가 좋아하는 음식들이 나왔군요."

"호호, 많이 먹거라."

수수한 음식이지만 감사한 마음으로 식사를 하는 남매.

—쩝, 그래도 향은 죽이는군요. 오늘은 요리사의 솜씨를 믿어볼 수밖에.

수수한 음식들이었지만 요리사가 정성 들여 만들었다는 것을 눈과 코로 알 수 있었다.

"음……."

그리고 포크를 사용하여 먹어본 음식들은 절로 감탄이 나올 만큼 아주 맛이 그만이었다.

"공주님께선 훌륭한 요리사를 두셨군요."

"호호, 저도 그렇게 생각한답니다."

"헤헤, 케라이스 경은 요리사임에도 불구하고 단승 남작위를 받은 본 왕실의 자랑이랍니다."

귀족들에게 있어 자기를 자랑하는 것들 중 하나가 바로 요리사였다.

돈과 명예, 그리고 인간의 욕망 중 하나인 식욕을 위하여 얼마나 좋은 요리사를 가문에 소유하는지가 귀족가의 힘을 자랑하는 요소인 것이다.

먹고 놀기 좋아하며, 자신을 자랑하기 위해 돈을 아끼지 않는 귀족들이기에 본래 날이면 날마다 각종 연회를 열었다. 그런 까닭에 어느 귀족가의 음식이 맛있다고 소문이 나면 좋은 요리사를 둔 귀족가의 연회는 문전성시를 이루기 때문에 귀족들은 솜씨 좋은 요리사 두기를 소망하였다.

지금 맛보고 있는 이 정도의 요리라면 당연히 단승 남작위를 내려도 문제가 없을 정도로 훌륭하였다.

―맛은 아주 좋습니다. 이 정도 재료로 최고 정찬이 안 부럽게 만들다니, 정말 대단한 요리사입니다.

내 입으로 들어가는 음식을 맛보며 만족해하는 묵호.

평소 그리 즐기지 않던 식사 시간이 오늘만큼은 즐거워졌다.

"스승님, 이제 저에게 검을 가르쳐 주십시오."

"안토니안, 아직 차도 다 마시지 않았구나."

식사를 마친 후 차를 마시는 곳으로 이동하여 향긋한 이름 모를 차를 마시는 중에 눈빛을 이글거리는 안토니안 왕자.

연약한 육신을 기사의 육체로 만들고 싶은 욕망을 드러내고 있었다.

그런 모습에서 아무리 한 나라의 왕자라지만 아직은 소년에 불과하다는 것을 알 수 있었다.

"하하, 그러도록 하자. 나도 기대가 된다."

이제 스승과 제자의 시간.

왕자와 기사가 아닌 스승과 제자의 관계로 대하였다.

"조심하도록 하여라……"

말리지도 못하고 걱정스러운 빛을 보이는 아드리안느.

"누님, 저는 스승님을 믿습니다."

이제 만난 지 얼마 되지도 않았건만 스승이라 서슴없이 말하는 안토니안. 그만큼 강해지고 싶다는 그의 꿈이 큰 것이리라.

"여기가 왕가 전용 연무장입니다."

'제법이군.'

파오니아 공국도 과거에는 대륙에서 이름을 날리던 왕가.

거대한 왕성답게 왕가 전용 연무장도 훌륭하였다.

화려한 왕궁의 지하에 마련된 지름 50샤이 정도의 넓은 연무장.

마법으로 쾌적한 실내 온도를 유지하였고, 소울 가드를 비롯한 검과 창 같은 무구들이 사방에 진열되어 있었다.

"좋은 시설이다. 네가 수련하기에도 적당하고 말이다."

앞으로 내가 전수할 심법을 수련하자면 이런 곳이 필요하였다.

아무리 제국에 핍박받는 공국이라지만 왕실 근위기사단이 보호하고 있는 왕궁은 안전할 것이다.

'수련장으로 들어오는 곳은 입구뿐. 그곳에도 두 명의 근위기사가 경비하고 있으니 안전한 장소군.'

따로 환풍구가 있는 것 같았지만 사람이 들락거리지는 못할 것 같았다.

―마스터, 악신의 저주를 어찌 풀려는지요? 아무리 마스터라지만 악신의 저주를 풀기에는 무리일 터인데.

동행하며 나의 신비한 능력은 이미 알고 있지만 내가 악신의 저주는 어찌하려는지 궁금한 모양이었다.

'묵호, 아무리 신이라 하여도 인간의 강인한 의지력이면 하급 신의 저주도 막을 수 있다. 그게 바로 백 년밖에 못 사는 인간에게 허락한 주신의 축복이지.'

"스승님, 저에게 가르침을 내려주십시오!"

이글거리는 눈빛으로 단정하게 자세를 취하며 가르침을 청하는 안토니안 왕자.

예전 무당에서 스승님께 가르침을 청하던 나의 모습을 보는 것 같았다.

"내가 너에게 처음 가르칠 것은 마음의 수련이니라."

"……."

나의 말에 의아한 빛을 보이는 안토니안.

그의 상식으로는 이해가 가지 않으리라.

"너는 소드 마스터가 어찌 탄생하는 줄 아느냐?"

"그것은 저도 알고 있습니다. 기사들이 들려주는 이야기와 서적에서 본 바에 의하면, 검을 다루다 어느 순간 마나를 느낄 수 있고, 그 마나를 검으로 보낼 수 있으면 소드 익스퍼트가 된다고 들었습니다. 그런 소드 익스퍼트가 마나를 익숙하게 체내에 쌓고 마나 오러를 능숙하게 다루다 보면 상급의 익스퍼트가 되고, 어느 순간 깨달음이 오면 소드 마스터가 된다 하였습니다."

대륙에서 통용되는 일반적인 검의 이론을 잘 알고 있는 안토니안이 당연하다는 듯 당당하게 말을 꺼내었다.

"잘 알고 있구나. 그러나 그것은 어리석은 답이니라."

"네에? 거의 수천 년을 내려온 이론인데 어리석다고요?"

"맞다. 어리석은 답이다. 사람이 어떤 산을 오르고자 할 때 오르는 방법은 여러 가지가 있다. 무식하게 산을 향하여 직선으로 오르는 자가 있다면, 반면 지리를 잘 꿰뚫고 지름길과 능선을 이용하며 아주 쉽게 오르는 현명한 자들이 있다. 바로 지금 네가 알고 있는 검의 이론은 무식한 방법으로 산을 오르는 것이니라. 나는 이제 너에게 그런 방법이 아니라 현명하게 산을 오를 수 있는 길을 제시하려는 것이니라."

나의 말에 눈을 커다랗게 뜨는 안토니안.

백문이 불여일견이라 시범을 보이는 것이 빠를 것이다.

"잘 보거라. 이것이 검을 다루는 자세니라."

스릉.

말과 함께 묵룡이 마법 등불 아래 검신을 드러냈다.

"처음 검을 다루는 자들은 공통된 과정을 겪는다. 검을 아는 자들은 대부분 이런 기초 초식을 수련하느니라."

휙.

말과 함께 정단세의 자세를 취하고 횡소천군과 태산압정 같은 횡베기와 종단베기의 기초 검식들을 절도있게 펼치기 시작하였다.

휘이익.

이미 상승의 검리를 터득한 나였기에 기초 초식에도 자연스럽게 현묘한 도리가 담겨 나왔다.

"타앗!"

검을 들 때는 언제나 예로써 하라는 스승님의 가르침에 한 치의 잡념도 없이 몰두하였다.

기초적인 오행의 보법을 밟으며 베고 찌르고 올려치고 가르고를 몰아일체의 경지에서 펼쳤다.

위이잉—

그런 기초적인 초식임에도 검에서 바람이 일고, 대기의 마나들이 요동쳤다.

아직 안토니안 왕자가 어려서 그렇지, 마나를 아는 기사들이 보았다면 기겁하였을 것이다.

차자작.

"합!"

힘찬 기합과 함께 하늘을 베어버리는 천단세의 자세로 마무리를 지었다.

"스, 스승님의 검에서 무언가가 세상을 향해 뛰쳐나올 것 같았습니다."

검을 거두자 몽롱한 눈으로 입을 여는 안토니안.

'재능이 있는 녀석이군.'

단 한 번 펼쳤을 뿐인데 검의 기운을 느낀다는 것은 대단한 능력이었다.

"방금 시전한 검술들은 기사들이라면 모두 다 아는 것들이다. 다만 알고 가는 것과 모르고 가다 체득하는 차이로 인하여 실력의 차이가 벌어지는 것이다. 그런 까닭에 명문의 무가들이 소드 마스터를 비롯한 기사들을 배출하는 이유이니라."

한마디라도 빼놓지 않고 들으려는 듯 눈을 빛내는 안토니안.

보고 있자니 절로 흐뭇하였다.

'스승님이 나를 가르칠 때 이런 기분이었던가.'

안토니안의 열정적인 자세가 마음에 쏙 들었다.

"자, 그럼 마음의 수련을 통하여 펼쳐지는 검을 보거라."

지이잉.

"헉, 마나 오러!"

묵룡의 검신에서 줄기차게 뿜어 나오는 검기의 푸른 빛.

안토니안은 황홀한 눈빛으로 바라보고 있었다.

"이것이 마나 오러다. 마음의 공부를 하지 않는 자들의 검기는 검기

자체가 불규칙하고, 그 지속력 또한 오래가지 못한다. 자고로 검이란 그 어느 것이라도 벨 수 있어야 진정한 검이니라. 그러므로 흔들리는 마나 오러는 진정한 검이 아니니라."

휘이잉.

"오, 오러 소드!!"

검기가 어느 순간 내공의 힘을 받아 검강으로 변하기 시작하였다. 순간 연무장 가득 마법 등불보다 빛나는 강렬한 푸른 빛의 검강 다발들.

"진정한 검이란 천하에 베지 못할 것이 아무것도 없느니라!"

"타앗!"

쉭!

연무장에 위치한 무기들 중 거대한 바스타드 소드를 허공으로 띄우며 그 순간 자리를 박차며 힘차게 묵룡을 휘둘렀다.

서격.

챙그랑!

손에 느껴지는 미세한 감촉과 함께 바스타드 소드의 두터운 검신이 돌로 만들어진 바닥에 떨어지며 맑게 울렸다.

"내가 너에게 가르칠 것은 빠르고, 정확하고, 그리고 단단하게 검을 잡는 법이니라. 이제 나를 믿어라!"

"스승님의 가르침을 믿음으로 따르겠습니다!"

검강의 무시무시한 능력을 보고 완벽한 믿음을 보이는 안토니안.

'나를 믿는 만큼 너는 힘을 얻을 것이리라!'

머리를 숙여 진심으로 가르침을 청하는 안토니안.

아드리안느의 인연으로 시작되는 인연의 끈이 서서히 넓어지고 있었다.

‘녀석, 그리도 강해지고 싶었던가.’

소드 마스터의 이름이라 할 수 있는 검강을 보고 나서 전의에 불타
오르던 안토니안. 연약한 몸으로 곧 쓰러질 것 같으면서도 가르침을
청하였다.

그리하여 시작된 심법의 전수. 항마의 힘이 강한 소림사의 금강항마
공의 심법을 가르쳐 주었다.

스승님의 친우이신 소림사의 고승에게 전해 들었다는 금강항마공. 어
차피 무학의 끝은 비슷하다며 소림사의 금강항마공을 일일이 풀어주어
가르침을 받은 적이 있기에 안토니안에게 세세히 알려줄 수 있었다.

물론 아직 심법이 뭔지, 혈도가 뭔지 모르지만 모든 천지간의 기운
을 포함하는 태극혼원기공을 펼쳐 금강항마공의 특징적인 기운을 몸에
심어놓았다.

지금은 혈도가 미약하여 받아들일 수 있는 힘이 한정되었기에 금강
항마공은 이런 것이다, 라는 기운만 안토니안의 몸에 심어놓았다.

그리고 시작된 안토니안의 심법 수련.

제법 똑똑한 안토니안이었기에 몸에 흐르는 금강항마공의 진기의
흐름을 기억하고 첫날부터 수련에 빠져들었다.

아마 금강항마공의 기운이 악신의 저주라는 기운과 상극을 일으켜
심신을 편하게 한 것이리라.

—마스터, 그런데 그것이 뭔 힘입니까? 예전 마스터야 드래곤 하트
를 심장에 심었다 하지만, 마스터는 무슨 힘이 있기에 이리 강대한 마
나를 소유하고 있는 것입니까?

‘컥! 드, 드래곤 하트를 가슴에 심어?’

갑자기 머리에 울리는 묵호의 말에 정신이 아득해졌다.

그리고 이제야 이해가 갔다.

오 갑자의 내공도 부족하다며 투덜거리는 묵호의 마나 타령이.

'어떻게 인간이 드래곤 하트를 가슴에 심을 수 있단 말인가? 그것이 가능하단 말인가?'

일반적인 상식으로는 이해할 수 없는 말이었지만, 묵호가 실없는 소리는 하여도 거짓은 말하지 않는다는 것을 알고 있었다.

'묵호, 어떻게 사람이 드래곤 하트를 소유할 수 있단 말이냐?

―마스터, 그것은 저도 잘 모릅니다. 다만 전 마스터께서는 분명 드래곤 하트를 소유하셨고, 그 힘을 바탕으로 마족을 비롯한 전 드래곤을 몰고 다니셨다는 것만 알고 있습니다.

'마족과 드래곤을 몰고 다녀?

드래곤 하트를 소유하고, 힘을 얼마나 증폭할지 모르는 소울 가드까지 착용했다면 가능할 것이다.

'드래곤 하트라…….'

갑자기 드래곤 하트에 대한 소유욕이 불타올랐다.

상상할 수도 없는 일이지만, 저 수다쟁이 묵호를 완벽하게 통제하려면 그 수밖에 없었다.

'그런데 드래곤 하트가 만년삼왕도 아니고, 어디서 구할 수 있는 것도 아니니 아쉬울 뿐이군.'

아마 이런 소리를 다른 이들에게 한다면 국가를 말아먹을 놈이라 할 것이다.

성질머리 더러운 드래곤의 코털만 건드려도 국가의 존망이 위태롭거늘, 드래곤 하트까지 노린다면 말 다한 것이리라.

저벅저벅.

아쉬운 마음에 입맛을 다시며 안토니안을 홀로 남겨둔 채 공주의 방으로 향하였다.

제법 시간이 흐른 뒤였기에 공주의 안위가 걱정되었다.

'믿고 맡길 수 있는 자들이 있으면 좋으련만.'

지금 여기 있는 자들만으로는 어림도 없었다.

공국의 유일한 소드 마스터가 몸져눕고, 왕실 근위기사단장이란 자는 이제 겨우 소드 익스퍼트 상급에 불과한 수준.

더욱이 왕실 마법사라는 자도 6써클 마스터라고 하니, 누구 하나 공주를 잠시 맡길 자가 없었다.

'인재를 모아야겠군.'

분명 그 오만한 제국은 복수를 하려 할 것이다. 그전에 힘을 비축해야 했다. 과거, 집단의 힘이 없어 사랑하는 이와 절벽으로 뛰어내려야만 했다.

그런 과거는 한 번으로 족하였다.

어떤 대가를 치러서라도 반드시 아드리안느를 수호할 것이다.

반드시…….

'근위기사단이군.'

공주의 침실은 왕궁 5층의 중앙.

그런 공주의 침실 앞에는 왕가를 상징하는 푸른 사자가 용맹하게 그려진 은빛 망토를 입은 기사 둘이 그림자처럼 서 있었다.

"……"

나를 발견하고는 움찔 놀라는 기사단원들.

“여기는 내가 지킬 것이오.”

나의 말에 놀라는 눈빛을 보이는 젊은 두 기사.

“왕가의 인물들은 전통적으로 왕실 근위기사단이 수호를 하였습니다만……”

예전 같았으면 나를 쳐다보지도 않았을 근위기사단.

존칭을 써가며 말을 흘리고 있었다.

오늘 낮에 이들도 분명히 보았을 것이기에 떨고 있는 것이다.

소드 마스터는 개나 소나 되는 것이 아니기에.

“근위기사단은 모두 물러가세요.”

“아, 알겠습니다.”

나의 말에 갈팡질팡하던 기사들이 공주의 명에 방문을 향해 기사의 예를 올리고 물러섰다.

근위기사단으로서는 역사상 유례가 없는 일이겠지만 어찌하겠는가.

이제 내가 이곳의 법이었다.

“잘 부탁드립니다.”

“수고하였소.”

파오니아 공국에서 그래도 믿을 만한 자들은 왕실 근위기사단뿐이라는 것을 알고 있었다.

아드리안느 공주가 지금껏 버틸 수 있었던 힘은 바로 죽음을 각오하고 수호한 저들의 힘이었던 것이다.

‘내가 죽을 자리가 이곳이던가.’

꽤나 큰 공주의 방문.

그 너머로 아직 잠들지 않은 공주의 숨소리가 들려왔다.

척.

조용히 눈을 감았다.

어차피 잠을 자지 않아도 되는 몸. 태극혼원기공을 운용하며 차분한 숨을 몰아갔다.

꿈같은 하루, 내 죽어서도 수호할 곳을 찾았기에.

'아, 나의 기사이시여…….'

태어나 한 번도 느껴보지 못한 든든함.

힘없는 공국의 공주로 살며 제국의 간악한 음모를 알고 난 뒤, 전전 긍긍하며 수많은 밤을 보내었던 아드리안느.

문밖에 있을 한 남자를 생각하면 가슴이 뜨거워졌다.

단 한 번, 그것도 스치듯 만나 짧은 약속을 지키기 위하여 시간의 강을 타고 한 남자가 밖에서 숨을 쉬고 있었다.

이 세상에서 아드리안느 공주 오직 한 사람을 위하여 명예의 검을 들 한 남자이자 기사가 문밖에 서 있는 것이다.

사라락.

하얀 얇은 잠옷으로 갈아입은 아드리안느 공주는 부드러운 이불을 목까지 끌어올렸다.

잊혀지지 않는 그 남자의 향기가 혹시라도 몸에 배어 있을까 깊이 숨을 들이키며 그렇게 천천히 눈을 감았다.

조용하고 평안한 밤.

아드리안느 공주에게 지금껏 응답도 없던 신은 이렇게 축복 같은 안식을 허락하고 있었다.

제56장

썩은 살을 도려내라

썩은 살을 도려내라

"평안하셨는지요."

"네에……. 카온님 덕분에."

공주가 기사에게 할 존칭은 아니었건만 아드리안느는 나에게 존칭을 사용하였다.

더욱이 사르륵 붉히는 뺨은 평안한 숙면을 취한 증거가 되었다.

"평안히 주무셨다니 다행입니다."

짧게 예를 올리고 공주의 뒤에 섰다, 공주의 시중을 드는 십여 명의 시녀가 뒤에서 뚫어져라 바라보는 것을 느끼며.

"너무 멋있다……."

"아! 나도 공주님처럼 저런 기사님이 있었으면……."

뒤에서 아주 작게 소곤거리는 시녀들.

아마도 내가 전부 듣고 있을 것이라고는 생각도 못할 것이다.

"대신들은 모두 모였나요?"

"아, 아직입니다. 잠시만 기다리시면 다들 올 것입니다."

공주의 명을 전달하는 오십대 중반의 시종장은 얼굴에 흐르는 땀을 닦으며 대답하였다.

"그렇군요. 회의장으로 가도록 하죠."

"아직 아무도 아니 오셨는데……."

공주의 말에 당황하는 시종장.

하지만 이미 공주의 발걸음은 거침없이 회의장으로 향하고 있었다.

'감히 이것들이!'

이미 이른 아침을 먹고 공무를 시작하는 시각.

어제 분명 공주가 아침 공무 시간에 보자고 하였건만, 이것들이 거역한 것이다.

또각또각.

공주와 시녀들의 규칙적인 발소리가 화려한 왕궁의 복도에 울렸고, 곧 회의장에 도착하였다.

"충!"

회의장 앞에 서 있던 근위기사단이 공주에게 예를 올렸다.

끄덕.

그들에게 살짝 고개를 숙이며 예의 바르게 답례하는 공주.

근위기사들이 목숨을 건 충성으로 공주를 따르는지 그 이유를 알 것 같았다.

"카온님, 제 옆에 계세요."

"언제까지나 제 자리는 공주님의 옆자리입니다."

기다란 탁자와 의자가 놓여 있는 회의장. 상석에는 왕이 앉는 의자가 놓여 있었는데, 공주는 그 자리에 가서 앉았다.

척.

그리고 나는 오늘 아침에 공주가 시녀를 통해 전달한 근위기사단과 같은 망토를 두르고 그림자처럼 그 옆에 섰다.

"……."

공주 홀로 앉아 있는 회의장은 시간이 흐르며 묘한 침묵을 만들어내었다.

시녀들은 회의장에 들어오지 못하기에 지금 이곳에는 아드리안느와 나, 단둘뿐이었다.

'내 여인을 분노하게 하다니.'

시간이 흐를수록 아름답던 얼굴에 드리워지는 슬픈 빛.

지금껏 어떠하였는지는 몰라도 내가 있는 이상 내 여인의 슬픔은 용서치 않을 것이다.

그 어떠한 경우라도.

"브라인 백작님이 오셨습니다."

밖에서 시종장이 백작 놈이 왔다고 보고하였다.

끼익.

"하하, 소신이 조금 늦었습니다."

문이 열리며 사십대 중반의 갈색 머리에 배가 툭 튀어나와 탐욕스러워 보이는 자가 웃음을 지으며 들어왔다.

하지만 브라인 백작이라는 놈의 말에도 여전히 눈을 감고 아무 말도 없는 아드리안느.

백작 놈은 나를 발견하고는 흠칫 놀라는 표정을 짓더니, 지금껏 그래 왔다는 듯한 태도를 보이며 공주와 가까운 상석에 앉았다.

“다인하임 백작님이 오셨습니다.”

다시 시종장의 목소리가 들리며 이번에는 오십대 중반의 흰머리가 듬성듬성 난 노랑머리 귀족이 들어왔다.

“공주 마마, 제가 조금 늦었사옵니다.”

그리고 기다렸다는 듯이 귀족들이 하나둘 들어오기 시작하였다.

그 수는 이십여 명.

이 공국에서 국가 정무를 처리하는 고위 귀족들이 모두 등장하는 순간이었다.

귀족들이 그렇게 등장하였음에도 무슨 생각을 하는지 눈도 뜨지 않는 아드리안느.

귀족들은 그런 아드리안느와 나를 보며 서로 눈치만 보고 있었다.

“헬렌 후작님이 납시었습니다.”

“후작님이!”

그르륵.

문밖에서 들리는 헬렌 후작이 왔다는 소리에 여태 아무 말이 없던 귀족들이 앞 다투어 자리에서 일어났다.

‘이것들이!’

지금 공국의 최고 권력이 누구에게 있는지 확연하게 알 수 있는 단면이었다.

“하하하! 이거 제가 늦었습니다. 후작가에 급한 볼일이 있어서 그리하였사오니, 공주님이 아량을 베풀어주십시오.”

어찌 귀족이 왕권을 대행하는 공주에게 행할 말인가.

‘모조리 썩었군.’

돼지 털처럼 거친 금발에 뚱뚱한 몸을 이끌고 나타난 헬렌 후작이 귀족들을 스쳐 가며 공주의 바로 밑에 있는 상석으로 향하자 귀족들의 허리는 자동으로 숙여졌다.

공주에게와는 확연히 다른 대접.

이렇게 내가 있음에도 공주를 무시할 정도니 과거에는 얼마나 힘들었겠는가.

가슴에서 분노가 일자 눈빛은 더욱 무심해졌다.

"다들 오셨으니 임시 왕궁 회의를 시작하겠습니다."

언제 눈을 떴던가.

아드리안느 공주는 맑은 음성을 흘리며 귀족들을 바라보고 있었다.

"오늘 처리할 안건은 바로 어제 저를 음모로부터 구해주신 프리 나이트 카온님의 작위에 대한 문제와 갈수록 심각해지는 왕실 재정에 대한 문제를 논의하고자 합니다."

"아니, 작위를?"

"어떻게 하루 만에 작위를……."

공주의 말이 끝나자 수군거리는 귀족들의 음성.

그런 귀족들의 소요에도 아드리안느 공주는 눈 하나 깜짝하지 않았다.

"소드 마스터는 제국에서는 자작위부터 작위를 받을 수 있으며, 왕국에서는 백작위부터 하사할 수 있습니다. 그 점은 여기 있는 귀족 여러분도 다 아실 것입니다."

귀족의 웅성거림에 찬물을 끼얹는 공주의 차가운 말투.

일순간 귀족들은 입맛을 다시며 공주의 입을 바라보았다.

"더군다나 지금 옆에 계시는 카온 기사님은 공주인 저의 무죄를 증명해 주신 기사 중의 기사입니다. 여러 귀족 분들 중에서 단 한 사람도 저를 변호해 주시지 않았지만, 유일하게 카온님만이 저를 음모에서 구해주셨습니다. 그러니 작위를 내려도 합당하다고 생각합니다.”

공주의 단호한 음성에 얼굴을 붉히는 귀족들.

대부분이 어제 그 자리에 있던 자들일 것이기에 자기들이 저지른 귀족으로서의 수치는 알 것이다.

“하하, 공주 마마의 뜻이 옳다고 생각합니다. 소드 마스터가 본 공국의 신하 되기를 청한다면 능히 작위를 내리셔야지요. 저는 찬성입니다.”

“…….”

호탕한 웃음을 터뜨리며 공주의 말에 동조하는 헬렌 후작.

그 순간 귀족들은 이게 무슨 일인가 하고 서로를 바라보았다.

“고맙습니다, 헬렌 후작.”

결코 사양하지 않는 아드리안느 공주.

하지만 아드리안느 공주와 헬렌 후작가의 눈이 허공에서 강렬하게 부딪치는 것을 놓치지 않았다.

‘흐흐, 그래, 마음껏 작위를 내리도록 하여라. 곧 뒈질 운명들이니.’

헬렌 후작은 아드리안느 공주를 무례할 정도로 빤히 바라보며 속으로 비웃음을 지었다.

어제 급히 전해온 론스온 공작의 명.

당분간 공주가 하라는 대로 따르라는 지시가 내려왔다.

어차피 요직을 차지하고 있는 귀족들은 모두 헬렌 후작가의 사람들이었기에, 이 왕국에서 공주와 소드 마스터 기사 하나로는 아무것도 할 수 없을 것이다.

‘네놈이 아무리 소드 마스터라지만, 한 손으로 열 손을 막을 수는 없

는 법. 제국의 무서움을 보게 될 것이다.'

헬렌 후작은 공주에게서 눈을 거두어 그 옆에서 근위기사단의 망토를 두르고 있는 카온이라는 자를 노려보았다.

'헉!'

그러다 갑자기 마주친 눈길.

강렬한 눈빛에 헬렌 후작은 심장이 멎는 충격을 느꼈다.

'네놈과는 악연의 연속이로구나.'

과거 소울 가드를 탈취하고자 악랄하게도 나를 포위 공격한 헬렌 후작.

전생의 악연이 있음이 분명하였다.

'후후, 마나는 형편없군.'

내공이 담긴 눈빛 한 번에 사색이 된 헬렌 후작이라는 놈.

한 번의 눈길에 꼬리를 만 강아지처럼 고개를 돌렸다.

"그럼 여기 계신 귀족 여러분도 카온 기사님에게 작위를 내리는 것에 동의하였을 것이라 믿고, 국왕 폐하께 하사받은 국왕 대리의 권한으로 기사 카온님에게 후작위를 내리는 동시에 이슈한의 성을 하사하는 바입니다."

"헉!! 후작위??"

"말도 안 돼!"

공주의 파격적인 말에 일순간 왕실 회의장은 귀족들의 비명에 아수라장이 되었다.

후작위가 어떤 자리이던가.

지금 현 파오니아 공국에서 단 한 명에게만 내려진 공작위 다음의 후작위 또한 단 하나뿐이지 않은가.

그런데 지금 후작위가 내려진다니 다들 공황에 빠진 것이다.

'후후후, 통이 크군.'

백작위까지는 생각하였어도 후작위는 생각도 못했다.

그러나 아드리안느 공주는 통도 크게 나에게 후작위를 내렸다. 그것도 아슈한이라는 성과 함께.

"공, 공주 마마, 후작위는 너무 과한 것이 아닌지요?"

헬렌 후작도 생각지 못한 후작위라는 말에 이제야 정신을 차리고 반발하였다.

"헬렌 후작도 작위를 허락하지 않았습니까. 귀족 회의에서 허락한 이상 작위는 공작위를 제하고는 왕권 대리인인 제가 임명할 수 있습니다. 그 권한의 행사가 정당하다고 생각하는 바이며, 카온 드 아슈한 후작에게 왕실 근위기사단장의 직위를 함께 하사하는 바입니다."

"와, 왕실 근위기사단장까지……."

"이럴 수가……!"

폭풍처럼 몰아치는 아드리안느의 파격적인 선언.

귀족들은 웅성거리며 서로의 얼굴을 바라볼 뿐이었다.

"불가합니다! 카온이란 자는 프리 나이트! 비록 소드 마스터라 할지라도 이런 파격적인 작위와 직위는 다른 왕국과 제국의 비웃음을 살 뿐입니다."

"비웃음이라고요? 호호, 제국과 왕국의 비웃음이라……. 그럼 어제 본 공국의 왕권 대리인인 본 공주가 당한 수모는 다른 왕국과 제국의 비웃음거리가 아니었을까요? 호호호, 정말 다들 얼굴이 너무 두꺼운 것이 아닌지요!"

"이이이!"

"크으으……."

창!

공주의 말에 수치를 느낀 귀족들이 자리에서 일어나려는 순간, 묵룡에서 파란 빛줄기가 줄기차게 뿜어졌다.

"일어나지 마라. 만약 일어나는 자는 왕명을 거역한 죄를 물어 본 후작의 검으로 처단하리라."

"……."

순간 귀족들의 얼굴에 떠오른 공포와 당혹감.

귀족들의 눈은 모두 묵룡에서 뿜어지는 검강의 빛에 머물러 있었다.

"다들 카온 후작의 말을 들었겠지요? 모두 자리에 앉으세요."

차분하면서도 위엄이 넘치는 아드리안느 공주의 음성.

"이, 인정할 수 없습니다. 본 후작은 절대… 헉!"

휘리릭.

"후후후, 죽고 싶은가, 헬렌 후작?"

묵룡의 검신에서 뿜어지는 검강이 목을 겨누자 사색이 된 헬렌 후작.

털썩.

시커멓게 죽은 얼굴에 공포가 깃들더니 몸이 스르르 의자 위로 무너져 내렸다.

"다들 앉으시오. 마지막 경고요."

조용한 음성이 조용해진 회의장에 흘렀다.

"음……."

털썩, 털썩.

그리고 자리에 앉는 귀족들.

―오! 마스터, 정말 멋있습니다.

역시나 이번에도 분위기를 깨는 묵호의 친절한(?) 음성.

정말 형체를 갖춘 물질이라면 죽도록 패주고 싶었다.

"카온 후작님의 공식적인 임명식은 여러 신전의 성직자 분들을 모시고 성대하게 치르겠습니다. 그럼, 다음 안건으로 넘어가겠습니다."

때를 포착한 아드리안느 공주의 확언.

공주의 확언에 귀족들은 모두 허탈한 표정을 지으며 멍한 눈으로 공주의 입만 바라보고 있었다.

"다음 안건은 예고한 대로 왕실 재정에 관한 문제입니다. 요 몇 년 사이 각 영지에 부과한 세금이 왕실 재정으로 편입되지 못하고 있습니다. 흉년과 각종 재난을 핑계로 성실히 납부해야 할 세금이 납부되지 않음으로써 왕실과 나아가 공국이 분열되고 있는 상태입니다. 거기에 국왕 직속 군단이나 기사들에게도 급료가 나가지 못하고 있는 실정입니다. 이 문제에 대하여 귀족 여러분의 의견을 듣고 싶습니다."

정신없는 귀족들에게 공주의 차가운 음성은 계속 낭랑하게 울려 나갔다.

"왜 다들 아무런 말씀이 없으신지요? 헬렌 후작님, 올 세금이 아직 납부되지 않은 것으로 알고 있는데, 영지의 문제는 다 해결되었는지요?"

"그, 그게 아직……. 몬스터의 출몰이 빈번하여 기사들과 병사들에게 나가는 비용이 만만치 않고, 상단의 실적도 영 신통치 않아 영지를 운영하기도 벅찬 상태입니다."

"그렇다면 올해도 세금 납부를 유예받고 싶다 이건가요?"

"그렇습니다. 올 한 해 분발하여 내년에는 밀린 세금까지 다 납부하겠습니다."

"호오, 그렇군요. 그럼 여기 계신 귀족 분들도 다들 마찬가지시겠군요?"

"그, 그렇습니다. 저희 영지는 요 근래 농작물의 작황이 좋지 않아서……."

"저희 영지는 워낙 제정이 빈약하여……."

이구동성으로 세금을 내지 못하는 이유를 구구절절 늘어놓는 귀족들.

일검에 베어버리고 싶은 가증스러운 얼굴들이었다.

"다들 합당한 이유가 있군요. 알겠습니다. 그렇다면 세금 미납 사유서를 작성하여 왕실 재정부에 보고하도록 하세요."

"명을 따르옵니다."

안도의 표정을 지으며 처음으로 만장일치로 명을 따르겠다는 귀족들.

정말 웃기는 자들이었다.

"그럼 오늘 회의는 이만 마치도록 하겠습니다."

전광석화와 같이 회의 종료를 선언한 공주.

말이 끝나자마자 자리에서 일어나 나감으로써 무언가 말을 꺼내려 하는 귀족들의 입을 막아버리는 아드리안느.

귀족들은 공주가 나가는데도 인사할 생각도 못하고 멍하니 서로 얼굴만 보고 있었다.

공주의 뒤를 따라가는 나와 눈길이 마주치자 멍한 상태에서도 고개를 돌려 눈길을 피하였다.

"백성들을 다스리는 귀족들이 저러할진대 이 왕국이 유지될 리가 없지요……."

밖으로 나와 왕궁의 홀을 걸으며 한탄스러워하는 아드리안느.

'내가 그대 얼굴의 근심을 지워드리리다.'

내 여인의 얼굴에서 언제나 기쁜 미소만을 보고 싶었다.

근심과 걱정은 모두 나에게 맡기고 오로지 평안과 웃음이 가득한 삶을 살아가기를 소망하였다.

'후후후, 다들 기다리거라.'

공주를 무시하는 행태의 귀족들에게 돌아갈 것은 오로지 매밖에 없었다.

"후작 각하! 이를 보고만 있을 것입니까?"

"그렇습니다. 아무리 소드 마스터라지만 근본도 모르는 미천한 프리 나이트에게 후작의 작위라니요! 이는 모든 귀족들의 명예를 더럽히는 짓입니다!"

"이거 무서워서 어디 왕궁에 올 수 있겠습니까? 감히 왕궁 회의장에서 오러 소드로 협박을 하다니!"

공주와 카온이 나가자 기다렸다는 듯이 입을 놀리는 귀족들.

조금 전에 받은 모멸감에 얼굴이 벌겋게 달아오른 귀족들은 헬렌 후작을 바라보며 열변을 토하였다.

'죽일 연놈들! 그래, 마지막 발악을 해봐라. 흐흐흐, 아무리 그리하여도 둘만의 힘으로는 어쩌하지 못할 것이니.'

헬렌 후작은 조금 전 맛보았던 소드 마스터의 강렬한 기운을 생각하며 살기를 피워 올렸다.

공국에서는 왕족도 부럽지 않은 권력을 소유한 자신에게 감히 그리 무례하게 대한 공주와 카온이라는 놈에게 따끔한 힘의 논리를 보여주리라 다짐하며.

"여러 귀족들도 아시겠지만, 이미 이 공국은 제국의 눈 밖에 났소. 어디서 굴러먹다 온 미천한 기사 놈에게 후작위를 길 가던 개에게 먹이를 주듯 던지는 아드리안느 공주의 행태를 보건대 공국의 운명도 다한 것 같소이다. 이제 우리가 해야 할 일은 불 보듯 자명하지 않소. 각자 영지로 돌아가 그날이 올 때까지 영지 단속이나 철저히 합시다. 이 왕궁에서 미친개에게 물리지 말고 말이오."

"맞습니다! 후작 각하의 말씀대로 영지나 다스리고 있도록 합시다. 국가의 주요 대신들을 이리 험하게 다루는 왕실은 이미 망한 거나 진배없습니다."

"그럽시다. 이곳에서 생명의 위협을 당하느니, 그 시간에 영지 경영에 최선을 다하도록 합시다."

헬렌 후작의 말에 이구동성으로 동의하는 귀족들.

파오니아 공국을 운영하는 귀족들은 본능적으로 핑계를 대며 자신들이 살길을 찾았다.

분명 아달톤 제국이 자존심을 세우려 철저한 보복을 할 것임을 알기에 수도에 있다 불똥이라도 맞을까 염려된 것이다.

"그럼 그렇게 하도록 합시다. 하지만 영지에 내려가서도 우리 귀족들끼리는 연락을 취하여야 할 것입니다."

"당연히 그래야지요. 이제 새 세상이 오면 우리도 그에 맞게 변해야 할 테니 말입니다."

"하하하! 맞습니다. 어서 빨리 그날이 왔으면 좋겠습니다."

새로운 세상이 어떤 세상인지는 모르지만 다들 저마다의 음모를 간직하고 가슴속에 비수 하나를 품고 있는 귀족들.

웃고는 있었지만 마음속에 저마다 숨겨놓은 것은 알지 못하였다.

'흐흐, 어리석은 놈들. 네놈들에게 나누어줄 새로운 세상의 영지는 없느니라.'

귀족들을 바라보는 헬렌 후작의 음흉한 마음처럼.

"벌써 봄기운이 느껴져요."

사그락사그락.

얼굴에 근심이 가득하던 아드리안느 공주는 왕궁 정원으로 향하였다.

아직은 볼이 시릴 정도로 차가운 북쪽 대륙의 바람이었건만, 공주는 답답하였던지 공기를 들이키며 봄을 노래하였다.

"바람이 차갑습니다."

"호호, 지금은 시원하게만 느껴집니다. 이 바람 속에 살짝 숨겨진 따뜻함도 좋구요."

유서 깊은 왕가의 정원.

왕궁 정원은 보는 이로 하여금 놀라움을 갖도록 거대하고, 짜임새 있는 구조를 가지고 있었다.

봄이 온다면 누구나 감탄하며 하루종일 그 정경에 빠져 구경하고 싶을 정도로.

하지만 지금은 겨울의 끝자락.

몇몇 이름 모를 나무의 가지 끝에 녹색의 생명들이 꿈틀거리는 것이 보였지만, 봄이라고 하기에는 아직 무리가 있었다.

그러나 마음이 답답한 아드리안느는 그 작은 생명에서 희망을 찾으려 하고 있었다.

"공주 마마, 모든 것이 잘될 것이옵니다. 소신만 믿으십시오."

이제는 기사의 신분임과 동시에 파오니아 공국의 아슈한이라는 성을 사용하는 후작이기에 신하라 자청하였다.

"감사합니다. 어제 아침에는 세상이 온통 암흑이었건만, 오늘은 푸른 하늘이 보이는군요. 후작님이 옆에 계시다는 이유만으로도요……."

오늘따라 정열적으로 보이는 붉은색과 푸른색이 조화된 드레스를 입고 있는 아드리안느.

입가에 피어오르는 웃음은 한 송이 빠알간 봄 장미 같았다.

'내가 지켜주리다, 그 웃음을…….'

묵묵히 근위기사단을 상징하는 하얀 망토를 두르고 공주의 뒤를 그렇게 하염없이 따랐다.

공주가 지쳐 걸음을 멈출 때까지 공주와 나는 그렇게 봄을 기다리는 정원을 거닐었다.

"중요 지역을 경비하는 기사들을 제외한 모든 근위기사들을 연무장으로 집합시켜라."

"충!"

이미 아드리안느 공주의 명이 왕궁 곳곳에 내려진 상태. 후작위와 동시에 근위기사단장으로 임명되었음을 모든 이들이 알고 있었다.

지금 명을 받은 근위기사들은 예를 올리며 황급히 달려갔다.

소드 마스터가 포함된 근위기사단이야말로 진정한 왕실을 수호하는 근위기사단이 된다는 것을 저들도 알고 있으리라.

"후후, 이제 시작이다."

적은 많고 아군은 적었다.

아드리안느 공주가 바라는 이상이 내가 바라는 꿈.

내 모든 역량을 동원하여 썩어빠진 귀족들을 모조리 쳐낼 것이다.

―마스터, 이제 영웅 놀이를 하는 겁니까? 뭐, 별 볼일 없는 왕국 같지만 후작위라니 괜찮군요.

도대체 무슨 생각을 하고 사는지 알 수 없는 묵호.

인간 생활에 대하여 모르는 것이 없었다.

마치 묵호라는 에고 자체가 과거 인간이 아니었을까, 착각을 할 정도로.

저벅저벅.

묵호의 헛소리를 들으며 그렇게 근위기사단 연병장으로 향하였다. 어차피 왕궁에서 벌어지는 웬만한 강력한 기척은 감지할 수 있기에 공주를 집무실에 홀로 놓아둔 채.

휘이이이잉―

파라락.

갑자기 불어치는 겨울의 바람.

그 바람 속에 도열한, 푸른 사자가 그려진 하얀 망토 사십여 개가 하늘로 날아오르려는 듯 펄럭였다.

'역시 근위기사단이군.'

마지막까지 공주를 수호하던 파오니아 공국의 정예들이 열망에 가득 찬 눈으로 나를 바라보고 있었다.

"근위기사단 전체 차렷!"

차자작.

근위기사단 제일 앞에 서 있는 샬로만 자작의 힘찬 음성.

"단장님께 경례!"

"추웅!"

샬로만 자작의 명에 따라 심장에 주먹 쥔 오른손을 가져다 대는 근위기사단.

한 치의 흐트러짐 없는 근위기사단의 절도있는 모습이 마음에 쏙 들었다. 그 옛날 무당의 칠성검수들의 모습을 보는 것처럼.

'내가 너희들을 진정한 강자로 만들어주마. 그 누구도 무시하지 못할 최강의 기사단으로!'

지금 믿을 수 있는 것은 왕실에 충성스러운 오십여 근위기사단뿐. 저들을 정예 기사단으로 만들어야만 한다.

"새로운 근위기사단장인 카온 드 이슈한 후작이다. 긴 말은 하지 않겠다. 너희들을 강하게 만들 것이다. 그 어느 누구도 감히 파오니아 왕실을 넘보지 못하도록! 강해져라! 그것이 너희의 첫 번째 임무니라!"

조용하지만 내공이 실려 넓은 연무장으로 퍼지는 나의 음성.

그 순간 근위기사단원들의 눈이 불타오르기 시작하였다.

'아! 진정한 기사로다.'

갑작스러운 근위기사단장의 죽음으로 임시 근위기사단장을 맡았던 샬로만 자작은 눈앞의 기사에게 경외심이 이는 것을 느꼈다.

파오니아 공국 최강의 정예인 사십여 근위기사단 앞에서도 주눅들지 않고 당당하게 강함을 요구하는 카온 후작.

길게 자라 단정히 묶여 있는 흑발 사이로 잔잔히 가라앉은 검은 눈동자.

조용하면서도 모든 이의 영혼으로 파고드는 묵직한 음성.

거기에 자연스레 풍겨 나오는 강자의 여유.

샬로만 자작은 기사로서 가슴이 뛰었다.

강한 자를 동경하는 한 사람의 기사로서, 카온 후작은 꿈에서 그리던 완벽한 기사의 모습이었다.

"오늘부터 본 단장이 그대들을 일일이 지도하겠다. 부단장!"

"네, 넵!"

갑작스럽게 들려오는 카온 후작의 부름에 샬로만 자작은 힘차게 대답하였다.

다가올 왕실의 영광을 꿈꾸며.

"샬로만 자작은 근위기사들을 삼 개 조로 나누어 국왕 폐하와 공주마마, 그리고 왕태자 전하의 호위에 중점을 두도록 하라. 그리고 이 시간 부로 모든 근위기사들의 외출은 제한되며, 근위기사단은 연무장과 충성의 궁에서만 활동하도록."

"충!"

빠르게 진행되는 지시에 충으로 대답하는 기사들.

근위기사단이라면 각 왕국에서 출세를 보장받는 엘리트 집단이었다.

그들은 각종 귀족들의 연회에 수시로 초대받았고, 일반 평민들 사이에서는 거의 우상시 되는 집단이었다.

그런 근위기사들의 엄격하지만 자유스러움이 보장된 자유를 당분간 빼앗은 것이다.

“근위기사들은 정복을 벗고 대련복으로 갈아입은 후 다시 집합하라!”

“충!”

대답과 함께 빠르게 근위기사들의 숙소로 사용하는 충성의 궁으로 달려가는 기사들.

“샬로만 자작, 내 물어볼 것이 있소.”

“하명만 하십시오, 단장님!”

“이 왕국에 아직 충성하는 귀족들의 명단을 작성하여 보고해 주시오. 또한 근위기사단을 충원할 것이니 쓸 만한 기사들이 있는지 알아봐 주시오. 기사단을 모집할 시 실력도 중요하지만, 제일 중요한 덕목으로 왕실을 위하여 목숨을 바칠 수 있는 충성심이 우선되어야 하오.”

“충! 단장님의 명에 따르옵니다!”

‘아! 이분이시다. 이 왕국의 이름을 다시 대륙에 휘날릴 수 있게 하실 분은 오직 이분뿐이시다.’

샬로만 자작은 미리 준비하였다는 듯이 일을 지시하는 카온 후작을 바라보며 가슴이 들끓는 것을 느꼈다.

위기에 처한 왕실을 수호하지 못하는, 아니, 경멸하기까지 하는 썩은 귀족들을 몰아낸 힘과 의지가 있는 기사다운 기사.

바로 눈앞의 카온 후작뿐이었다.

‘이제 시작이다. 후후후……’

어느새 근위기사단 대련복으로 갈아입고 달려오는 기사들.

그들과 함께 이 왕국을 다시 일으켜 세워야 하는 순간이 오고 있었다.

차자작.

어느새 연무장에 도열한 근위기사들.

편하고 깔끔해 보이는 하얀 대련복. 역시나 가슴에는 포효하는 푸른 사자 한 마리가 새겨져 있었다.

'이들을 단시간에 강력한 기사단으로 만들어야 한다.'

다들 마나를 아는 소드 익스퍼트 중급 이상의 기사들이지만 지금의 방식으로는 한계가 있었다.

이들이 지금껏 수련한 방식은 나름대로 체계가 있겠지만 고수로 나아가기에는 부족하였다.

집중적이면서도 새로운 방식을 적용해야 했다.

'그래도 기초는 튼튼하니 다행이군.'

기사용 중검을 들고 나타난 기사들.

하체가 충실하고 기초 체력은 넘치고도 남았다.

"단장님, 모두 준비되었습니다."

"알겠소."

샬로만 자작까지 기사들의 대열에 합류하였다.

"지금부터 내가 그대들에게 수련시키는 방법은 일반적인 기사 수련법이 아니다."

한마디도 놓치지 않으려는 듯 눈을 부릅뜬 기사들.

이곳 대륙에서는 소드 마스터의 가르침을 받는 것은 영광 중의 영광이었다.

"다들 버려야 얻을 것이다. 지금껏 그대들이 수련한 대부분의 것들을 버리면 새로운 힘을 얻을 것이다. 특히! 마나의 사용에 있어서는 과

거의 것들은 모두 버려야 할 것이다. 아니면 이것도 저것도 아닌 페인이 될 것이니 내 말을 명심하여라!"

"……."

마나의 사용법을 버리라 하자 이것이 무슨 말인가 의문스러워하는 기사들의 눈빛.

"소드 익스퍼트란 무엇인가? 일반 소드 유저들이 사용하지 못하는 마나 오러를 사용하여 상대방의 무기를 제압하고, 방어구를 무력화시키는 경지에 이른 자를 말한다. 그러나 소드 마스터가 되기 전에는 그대들이 사용하는 마나 오러는 진정한 마나 오러라 볼 수 없다. 즉! 반쪽짜리 소드 익스퍼트일 뿐이다!"

차가운 연무장에 내 말이 울릴수록 믿지 못하겠다는 눈빛이 강해지는 기사들.

가지고 있는 지금까지의 지식과 경험에 정면으로 위배되는 상황에 쉽게 수긍하지 못하는 것이다.

"진정한 소드 익스퍼트는 상급의 마나로 소드 마스터를 상대할 수 있다!"

"헉……!"

"그럴 수가……!"

마지막의 확언에 여태 참았던 의문을 터뜨리는 기사들.

"단장님, 아무리 그래도 소드 익스퍼트의 마나로 어찌 소드 마스터를 상대할 수 있다는 것인지요? 마나 오러와 오러 소드는 엄연히 다른 힘이지 않습니까?"

부단장인 샬로만 자작이 기사들의 의문을 대신하여 물어왔다.

"부단장, 검을 잠시만 빌려주시오."

"여기 있습니다."

아무리 입으로 떠들어도 한 번 보는 것만 못하다.

그렇다면 방법은 단 하나, 처음부터 저들이 지닌 지식을 철저히 깨뜨리는 방법밖에 없었다.

스릉.

"좋은 검이군."

"감사합니다."

부단장의 검은 척 보아도 드워프가 만든 명검.

묵룡을 오른손에 들며 왼손으로 자작의 검을 들었다.

"소드 익스퍼트의 마나로 소드 마스터의 검을 막아내는 방식은 이런 것이다!"

위이잉.

말과 함께 태극양의심공을 운용하여 내공을 양손으로 천천히 불어넣었다.

"마, 말도 안 돼!"

"어떻게…… 마나 오러와 오러 소드가 동시에!!"

"오오!"

믿지 못할 광경에 감탄과 경탄을 터뜨리는 기사들.

─마스터, 마나의 힘이 이렇게도 분산되는군요. 오오!

기사들만큼이나 묵호도 태극양의심공의 놀라운 효능에 감탄을 터뜨렸다.

─마스터, 이 능력이라면 마법과 정령도 가능하겠습니다. 정말 놀라운 기술이군요!

"단장님은 정말 대단하신 기사이십니다!"

샬로만 부단장은 감동의 말을 하면서도 두 눈은 검기와 검강을 뿜어
내는 검에서 떨어지지 않았다.

"그대들이 알고 있는 지식에 의하면, 오러 소드는 마나 오러로 감싸
여진 검을 나무 자르듯 쉽게 벨 수 있다 알고 있을 것이다. 그러나 집
중되고, 끊임없이 마나가 투입되는 마나 오러로 감싸인 검으로도 소드
마스터의 오러 소드를 막아낼 수 있다. 바로 지금처럼!"

캉!

카가강!

왼손에 들린 부단장의 검으로 오러 소드를 만들어 검기에 쌓인 묵룡
을 내려쳤다.

그리고 일어나는 맑은 소리와 마나의 불꽃들.

"저, 저럴 수가……!"

"어떻게 마나 오러로 오러 소드를 막아낸단 말인가!"

오늘 몇 번을 놀라는 근위기사단.

사실 아무리 오러 소드라 하여도 묵룡에 흠집 하나 낼 수 없었다. 그
사실을 모르는 기사들은 모두 눈앞의 광경을 믿지 않으려야 않을 수
없었다.

─재들 바보 아냐? 어떻게 이따위 오러 소드로 파멸의 검에 상처를
낸다고 믿을 수 있지? 쯧쯧, 사기야 사기…….

다만 단 하나의 존재만이 머리를 울리며 사기라 외치고 있었다.

"그대들도 할 수 있다. 내가 할 수 있는 것처럼 그대들도 능히 할 수
있음이다. 믿으라! 그리고 행하라! 그러면 그대들도 얻을 것이다!"

"단장님을 믿고 따르겠습니다!"

"저희에게 가르침을 내려주십시오!"

연무장이 떠나가라 외치는 근위기사들.

"파오니아 왕실을 위하여!"

차자장!

"파오니아 왕실을 위하여!"

다시 이어지는 선창.

"기사도의 정신을 위하여!"

"기사도의 정신을 위하여!"

"모든 적을 섬멸하라!"

"모든 적을 섬멸하라! 와아아아아아!!"

"위대한 파오니아 왕국 만세!!"

"파오니아 왕국 만세!!"

지금껏 숨죽여 있던 왕실 근위기사단의 기상을 되살리며 모두 있는 힘껏 연무장이 떠나가라 고함을 질렀다.

지금 다시 태어난 파오니아 공국 왕실 근위기사단.

근위기사단의 역사를 다시 시작할 것이다.

나와 힘찬 운명에 소리치는 이들의 이름으로.

"당신……."

아드리안느 공주는 창가에 서서 힘찬 소리를 지르는 근위기사단을 바라보며 울먹이는 가슴을 진정시켰다.

불과 이틀 만에 여름날에 몰아치는 바람처럼 모든 것을 휘몰아가는 남자.

다른 왕국에서는 영광스러운 근위기사단이지만, 이곳에서는 일반 영지의 기사들에게도 무시당하는 파오니아 왕실 근위기사단의 입에서 함성이 터져 나왔다.

지금껏 참고 있던 기사들의 충정이 바람을 타고 멀리멀리 퍼지고 있는 것이다.

그리고 그 한가운데, 한 남자가 양손에 검을 들고 포효하고 있었다.

한겨울에 폭풍을 만들어내며.

주르륵.

참고 참았지만 하얀 볼을 타고 흐르는 한 방울의 눈물.

반짝이며 볼을 타고 내리는 눈물이 오늘따라 더욱 맑아 보이는 이유는 이 눈물이 슬픔의 눈물이 아닌 기쁨의 정화이기 때문일 것이다.

"단장님, 여기 아직 왕가에 충성하는 귀족들의 명단입니다."

"고맙네."

근위기사단에게 무공을 전수하기로 마음먹고 며칠간 적당한 내공심법을 찾았다.

아니, 심법이 아닌 마나의 흐름을 쉽고도 빠르게 보낼 수 있는 진기의 운용법을 고심하였다.

무공에 대하여 아무 지식도 없는 기사들에게 내공심법을 통한 무공의 수련은 자칫 십수 년을 무의미하게 흘려보낼 수도 있기에, 지금 체내에 간직한 마나들을 활용하여 강맹하고 끊임없는 마나 이용법을 찾고 있었던 것이다.

그렇게 찾아낸 방법.

무당의 제자들이면 누구나 기초적인 입문 무공으로 사용하는 태극구공을 사용하여 기의 흐름을 원활하게 만들기로 하였다.

그에 더해 내가 그들의 마나 이동 경로를 내공으로 인도해 준다면 쉽게 지금의 경지보다 높은 수준에 올라갈 것이다.

'후후, 나중에는 진법도 가르쳐 주지.'

소수의 힘으로 다수의 힘을 막아내는 최상의 방법은 바로 진법이었다.

"저…… 단장님."

"달리 할 말이 있소?"

충성의 관에 있는 근위기사단 단장실.

한 왕국의 근위기사단의 단장실로 사용하기에는 부족함이 느껴지는 곳이었다. 묵호가 처음 이곳을 보면서 한참을 투덜거렸을 정도로.

그리고 지금 단장실의 오래된 책상 옆에서 샬로만 자작이 난처한 표정을 짓고 있었다.

"단장님, 귀족들이 떠나고 있습니다."

"귀족들이 떠나다니?"

귀족들이 떠나고 있다는 샬로만 자작의 뜬금없는 말에 보고 있던 보고서를 내려놓았다.

"헬렌 후작을 비롯한 국가 대신들이 모두 업무에서 손을 놓고 각자의 영지로 돌아가고 있습니다. 고위 귀족들은 전속 마법사를 통하여 워프하는 통에 감지하지 못하였으나, 하위 귀족들은 마차를 타고 이동하다 발각되었습니다."

"후후, 그렇군."

차라리 잘된 일인지도 몰랐다.

어차피 한바탕 피의 개혁을 하기 위해서는 옥석을 구분해야 했다.

그런데 스스로 쭉정이들이 떠나준다면 고마울 따름이었다.

"그 일로 인해 왕궁의 모든 업무가 멈추었고, 그 소문이 백성들에게까지 퍼진다면 일대 혼란이 일어날 것입니다. 아주 심각한 상황입니다."

　─마스터, 이런 오크 뼈다귀 같은 왕국 말고 다른 곳으로 가심이 어떠한지요? 먹을 것도 그렇고, 미녀 시녀들도 없고…….

　'묵호, 묻히고 싶냐? 분위기 파악하고 나서라.'

　─…….

　"샬로만 부단장, 일이 급하게 되었으니 우리도 발 빠르게 움직이도록 하지."

　"어떤 복안이라도 가지고 계시는지요?"

　"후후후……."

　복안이야 만들면 그게 복안인 것이다.

　어려운 일일수록 쉽게 풀어나가면 그것이 답이라 가르침을 내리셨던 스승님의 말씀.

　현 위기는 기회였다.

　"현 수도와 근방 영지에 있는 기사들 중에 마나를 다룰 줄 알지만 능력을 인정받지 못하고 있는 자들 중 충성심을 입증하는 자들은 모두 임시 왕실기사단으로 편입하시오. 그리고 근위기사단의 수련 기사들 중에서도 마나를 다룰 줄 아는 기사들이 있다면, 모두 내일부터 근위기사단의 연무장으로 집합시키도록 하시오."

　"알겠습니다, 그런데…… 임시 기사단을 만들려면 어느 정도의 재정도 있어야 하는데, 현 왕실의 재정으로는 아무것도 할 수 없습니다. 지금도 근위기사단과 왕실 직속 군단 병사들의 급료가 두 달째 지급되지 못하고 있는 실정입니다."

　'생각보다 심하군.'

아무리 충성심이 강한 자들일지라도 충성심이 밥을 먹여주는 것은 아니었다.

기사들과 병사들에게도 부양할 가족이 있을 것이니 급료는 반드시 지급되어야 할 것이다.

"샬로만 부단장, 지금 바로 왕실 재정부로 가서 각 귀족들의 미납 세금과 그들이 거주하는 왕도 내의 저택을 알아내시오."

"충!"

명령이 떨어지자 황급히 충을 외치고 나가는 샬로만 자작.

그의 등 뒤로 한마디를 더하였다.

"아! 그리고 연무장에서 수련하는 근위기사단과 왕실 중앙군에 명하여 출동 준비를 시키시오."

"충!"

이제야 무슨 뜻인지 알고 기쁜 얼굴로 뛰쳐나가는 샬로만 자작.

아드리안느 공주로부터 왕실과 국무에 관한 모든 일에 대한 개입권을 받았다.

귀족의 비리부터 국무에 관한 모든 것에 내 명령이 우선하는 절대적인 권한을.

"묵호!"

―네, 마스터!

가끔씩 위협당해야 마스터 무서운 줄 아는 묵호.

근위기사단처럼 우렁차게 내 머리 속을 울리며 대답하였다.

"오늘은 마음껏 먹게 해주지. 하하하하!"

―저, 정말이십니까? 크하하하, 역시 마스터입니다!

며칠 동안 밤이면 공주를 수호하고, 시간이 날 때마다 근위기사들의 기의 혈도를 마나의 흐름에 거스름이 없게 타통시켜 주었다.

아무리 내가 오 갑자에 이른 고수라지만 며칠 만에 오십여 명에 이르는 근위기사들의 혈도를 타통시키는 것은 무리였기에 하루가 어떻게 가는지도 몰랐다.

그리고 오늘 오랜만에 나를 즐겁게 해주는 일이 생겼다.

"후후후……."

들고 있던 국왕파 귀족들의 명단 중에 유독 내가 알고 있는 한 귀족의 이름인 하이든 드 트라팔 자작의 이름을 생각하며 단장실을 나갔다.

모두 깜짝 놀랄 화려한 파티를 벌려야 하기에.

제57장

막으면 죽으리

다각다각, 다가각.

"모두 비키시오!"

"그, 근위기사단이다!"

푸른 사자가 포효하는 하얀 망토를 두른 근위기사단이 바람에 망토를 펄럭이며 오후의 나른함으로 접어드는 왕도를 거침없이 달려나갔다.

아주 오랜만에 등장한 근위기사단의 당당한 모습에 백성들은 황급히 길가로 몸을 붙였다.

"무슨 일이야?"

"이거 제국 놈들이라도 쳐들어오는 거 아냐?"

"걱정 말게. 이번에 후작에 오르신 카온이라는 소드 마스터께서 공주님을 구해주셨듯 우리를 구해주실 거야."

"그렇지! 그분이라면 반드시 파오니아 왕국의 옛 명성을 되찾아주실 거야."

백성들은 길가에 서서 며칠 사이 들려오는 믿기지 않는 소식과 한 남자에 대해 이야기하였다.

제국의 간악한 음모에 빠진 아드리안느 공주를 구한 소드 마스터인 프리 나이트의 이야기.

제국과 썩어빠진 귀족으로 인하여 모두 다 힘들고 어렵게 살아가는 파오니아 공국의 백성들이지만, 아직 왕실을 믿고 따랐다. 언제나 백성들의 편에 서서 힘을 써주는 아드리안느 공주의 선정을 모두 알기에.

"모두 속보로!!"

척척척! 척척척!

어디에서 전쟁이라도 난 것인가.

삼십여 명의 근위기사단이 바람처럼 대로를 지나가고, 잠시 후 가슴에 사자 문양이 새겨진 갑옷을 입은 왕실 직속 군단인 국왕군이 모습을 나타냈다.

그들은 백성들의 어리둥절한 모습을 뒤로하고 귀족의 저택이 몰려 있는 곳을 향해 속보로 진군하였다.

가히 전쟁이라도 난 듯한 모습.

호기심 많은 몇몇이 국왕군의 뒤를 따라갔다.

"공주 마마, 카온 후작님께서 근위기사단과 국왕군을 이끌고 귀족들의 저택가로 향하셨다 하옵니다."

"그랬군요……."

머칠 동안 잠잠할 겨를이 없는 파오니아 왕궁.

낮부터 밤까지 저 멀리 떨어진 5층의 공주 방에서나 보이는 충성의 궁에서는 근위기사들의 기합 소리가 끊이지 않았다. 그리고 오늘은 근위기사들과 왕궁을 수비하는 국왕군이 최소한의 병력만 남기고 모두 귀족들의 저택으로 향하였다.

'당신의 걸음은 전혀 거침이 없군요. 세상 모든 것에 두려움 없는 폭풍처럼······.'

근위기사단과 국왕군이 움직이는 순간 아드리안느 공주는 그 남자의 행보를 알 수 있었다.

생각만 해도 행복할 그런 일들을 그 남자는 해내고 있는 것이다.

오늘을 사랑하는 그 남자.

바람의 카온이라는 이름으로.

"모두 무기를 버리고 투항하라! 만약 반항하는 자는 왕명에 거역하는 역모의 죄를 물어 참하리라!"

부단장인 샬로만 자작의 중후한 목소리가 파오니아 공국의 외무대신인 브라인 백작의 집 앞에서 울렸다.

그리고 그 앞에는 브라인 백작가의 기사들과 사병들이 어찌할 줄을 몰라 하며 두터운 철문을 닫고 있었다.

"아무리 근위기사단이라 할지라도 백작님의 허락없이는 한 발자국도 들어올 수 없습니다. 이는 백작가의 명예에 관한 일이므로 귀족 회의의 동의를 받아 오십시오!"

문을 막고 있는 다섯 명의 기사 중 수석 기사로 보이는 자가 당당하게 말을 꺼내었다.

“부단장.”

“넵!”

“모두 참하시오.”

“충! 근위기사단은 단장님의 명을 시행하라!”

“충!”

“어어어어…….”

짧은 명과 대답.

번쩍!

파가가가가각!

번쩍이는 마나 오러와 함께 산산이 부서지는 거대한 철문과 그 파편
들.

설마 백작가의 기사만도 못한 근위기사들이 이렇게 백작가의 영지
로 취급받는 왕도의 저택에 침범할 줄 몰랐던 백작가의 기사들.

차장.

황급히 정신을 차리고 검을 뽑아 들었다.

서걱.

“커억…….”

기사가 검을 뽑자 말에서 그대로 허공으로 치솟으며 머리부터 발끝
까지 베어버렸다. 그러자 비명 한 번 못 지르고 기사는 양쪽으로 갈라
져 버렸다.

“근위기사단은 반항하는 자는 이렇게 참하라!”

“충!”

챙그랑.

“사, 살려주십시오!”

그제야 무기를 버리고 고개를 땅에 처박는 백작가의 기사들과 병사들.

"근위기사들은 국왕군을 지휘하여 브라인 백작이 미납한 세금 천이백 골드를 추징하라!"

"추우웅!"

말이 끝나기가 무섭게 근위기사들의 지휘를 받으며 달려 들어가는 수백의 국왕군.

그들의 얼굴에는 통쾌함이 가득하였다.

"부단장."

"넵! 단장님!"

백작가를 통째로 털어먹는 통쾌함에 얼굴이 상기된 샬로만 자작의 충성스러운 대답.

"세금이 미납된 다음 귀족가로 안내하도록!"

"충!!"

긴 말이 필요없었다.

바보처럼 바닥에 꿇려 포박당한 백작가의 병사들을 뒤로하고 다음 저택으로 향했다.

'후후, 어리석은 놈들.'

아마 왕실이 이리 강하게 나오리라고는 예상하지 못하였을 것이다.

왕실군이라 해봐야 오십여 명의 근위기사와 이천여 명의 병사밖에 없기에, 제법 큰 백작가의 기사단과 병력도 되지 않아 무시하였을 것이다.

그러나 그들도 예상 못한 변수가 있었으니, 그것은 바로 나였다.

천하에 두려울 것 없는 나에게 그런 상식은 통하지 않았기에.

쿠가가강!
"헉!"
브라인 백작가처럼 다른 귀족들의 저택도 마찬가지로 왕실의 권위를 무시하였다.
그런 그들에게 돌아갈 것은 번쩍이는 푸른 검기 다발들.
"돈이 될 만한 것들은 모두 왕궁 창고로 압수하도록!"
"충!"
이제 신이 날 대로 난 기사들과 병사들의 힘찬 대답.
―호오! 마스터, 이 정도면 몇 달은 호화판으로 거저먹겠군요. 역시 사악한 마스터라니까요.
묵호가 감탄을 터뜨릴 정도로 귀족들의 저택에서는 가지가지의 물품들이 압수되었다.
영지가 어려워 국가에 세금을 낼 수 없다던 귀족들의 저택에서는 수많은 금화들과 함께 다른 제국이나 왕국의 특산품들이 줄줄이 나왔다.
'후후, 이 정도면 당분간 충분하겠지.'
"단장님, 이제 거의 끝났습니다."
"이제 한 곳만 남은 것인가?"
"그, 그렇습니다. 헬렌 후작님의 저택만 남았습니다."
다른 귀족들의 저택을 압수할 때는 주저함이 없던 샬로만 부단장의 조심스러운 대답.
현 파오니아 왕실의 전력으로는 왕도와 근접한 헬렌 후작가의 병력을 막아낼 수 없었다.

하지만 이 왕국의 제일 주적을 남겨두고 싶지는 않았다.

적의 수장을 베지 못하면 그것은 승리한 것이 아니기에.

"근위기사단과 병사들을 모두 헬렌 후작가로 이동시키도록!"

"충!"

명령에 충실한 샬로만 자작.

이제 오늘 하루를 마감해야 할 시간이 다가왔다.

'호오, 상당한 병력이군.'

왕도 안의 자그만 성이라 해도 믿을 정도로 대규모를 자랑하는 헬렌 후작가의 저택.

저택의 담 높이는 약 5샤이 정도로 높았고, 곳곳에 작은 망루까지 지어져 있어 작은 요새처럼 보였다.

더군다나 다른 귀족들이 근위기사단에게 당하였다는 소문을 이미 들었는지, 철로 만들어진 두터운 정문은 굳게 닫혀 있었다.

"단장님, 명령을 내려주십시오."

귀족들의 저택을 돌며 한바탕 수금(?)을 하고 상기된 근위기사단과 병사들.

후작가를 바라보며 입맛을 다시는 동시에 두려움을 나타내고 있었다.

여기서 저들에게 힘을 실어주어야 했다.

다시는 그 어느 누구라도 근위기사단과 국왕군에 반항하지 못하도록 자신감을 불어넣어 주어야 하는 순간이었다.

휘릭.

차작.

샬로만 자작을 비롯한 근위기사단과 병사들의 시선을 받으며 말에
서 가볍게 뛰어내렸다.

저벅저벅.

그리고 두터운 후작가의 정문을 향해 다가갔다.

단전에 가득한 내공을 한 걸음 한 걸음 옮길 때마다 가중시키며.

푹! 푹!

후작가의 정문으로 향하는 길은 단단한 돌로 만들어진 바닥.

걸음마다 내공의 힘에 못 이겨 발자국이 남겨졌다.

"다, 다가오지 마십시오! 후작 각하께서 저택에 위협을 가하는 자는
그 누구를 막론하고 참살하라 명하셨습니다!"

두터운 철문의 저택 문 위에서 다가오는 나를 바라보며 걸음을 멈추
라 하는 기사.

바로 정문을 5샤이 정도의 거리를 놔두고 멈추었다.

"열어라. 이는 왕명이자 나 카온 드 아슈한의 명이니라."

조용하면서도 모든 이들의 귀에 울리는 내공 섞인 목소리.

"……."

하지만 망루에서 활을 겨누고 있는 자들과 기사는 아무 말도 없이
나를 바라볼 뿐이었다.

"후후후……."

나직한 웃음을 지으며 단전의 내공을 운용하였다.

'무당의 장은 부드러움 속에 천하의 바람을 담는다!'

"타앗!"

짧은 기합.

그리고 순식간에 정문을 향해 달려가는 육신.

그런 내 손에는 무형의 기운들이 폭풍을 이루며 휘몰아치고 있었다.

콰과광!!

와르르르르.

철문이 무당면장에 맞아 산산이 부서지며 허공으로 비상하였고, 철문으로 지탱하고 있던 저택의 작은 성벽이 와르르 무너져 내렸다.

"저, 저럴 수가!"

"오오! 너클 마스터다!!"

"우와와!! 카온 후작님은 너클 마스터이시다!!"

그리고 들려오는 기사들과 병사들의 환호성.

'후후, 너클 마스터라……'

소드 마스터와 같은 개념으로 손과 발로 강기를 뿌릴 수 있는 자들로, 근 백 년 이래 나온 적이 없다는 경지가 바로 너클 마스터였다.

소드 마스터보다 성취하기 어려운 경지가 너클 마스터였기에 이들의 놀람은 당연한 것이었다.

"소, 소울 가드를 착용하라!"

"후작가를 보호하라!"

나의 능력을 보았음에도 헬렌 후작가를 보호하기 위하여 검을 뽑아 드는 십여 명의 소울 가드 기사, 그리고 왕도 안이건만 사병의 수가 무려 삼백을 헤아리는 후작가의 병사들.

아직 상황 파악을 하지 못하고 있었다.

"부단장……"

"넵! 단장님!"

나의 또 다른 능력을 보고 대답 가득 존경심을 팍팍 드러내는 샬로만 자작.

"막는 자는 모두 참하라! 국왕 폐하의 명을 어기는 자는 그 누구도 용서하지 마라! 그것이 근위기사단과 국왕군이 존재하는 이유이므로!"

"충!"

말이 끝나기가 무섭게 뜨거운 목소리로 충을 외치는 부단장.

그의 뒤에 서 있던 근위기사단과 병사들의 눈빛에 강렬한 빛이 뿜어지고 있었다.

"국왕 폐하의 명을 시행하라! 막는 자는 역적의 죄를 물어 참살하라!"

가슴 벅찬 음성의 샬로만 부단장의 명령.

"국왕 폐하의 명예를 위하여!"

"모두 돌격하라!"

어느새 소울 가드를 착용하고 무너져 버린 문 앞을 막고 서 있는 후작가의 기사들과 병사들.

"발사하라!"

쉬쉬식―

망루에 있던 자들이 국왕군의 병사들과 기사들을 향하여 화살을 발사하기 시작하였다.

"컥!"

망루에서 쏟아진 화살들에 비명을 지르며 쓰러지는 국왕군.

'이놈들!'

감히 내 앞에서 나의 명예를 더럽히는 자들.

일벌백계의 교훈을 보여야 했다.

스릉.

"탓!"

묵룡을 빼어 들고 소울 가드 기사들이 막아선 곳을 향해 돌격해 들어갔다.

위이잉.

묵룡의 검신 가득 푸른 검강의 기운을 넘실거리며.

서걱서걱.

"컥……."

"크헉……."

아무리 보아도 중급 정도 되는 소울 가드 기사들.

소울 가드가 크게 상하지 않게 목 부분을 막아서는 검과 함께 베어갔다.

촤아악!

그리고 들려오는 짧은 비명과 피가 허공으로 치솟으며 내는 기묘한 음향들.

막고 자시고 할 것이 없었다.

"멈춰라!"

소울 가드 기사들을 눈 깜짝할 사이에 베어버리고 화살을 쏘아대는 망루로 달려갔다.

쉬이익―

바람을 가르는 묵룡의 청명한 소리가 들려왔다.

피비비벙!

"으아악!"

망루는 묵룡에서 뿜어진 강력한 검강으로 난도질되며 요란한 굉음과 함께 무너져 내렸다.

활을 쏘아대던 궁수들의 비명과 함께.

“…….”

망루가 무너지며 먼지가 뿌옇게 날렸고, 일순 장내는 조용한 침묵 속으로 빠져들었다.

모두 나를 신이라도 보는 듯한 경외심을 품고서.

챙그랑!

“사, 살려주십시오!”

“제, 제발 저희를 살려주십시오!”

눈 깜짝할 사이에 든든하게 막아주던 소울 가드 기사들이 죽고, 망루까지 일검에 박살나자 후작가의 병사들은 무기를 던지고 모두 바닥에 엎드려 목숨을 구걸하였다.

“내 앞에서 감히 검을 들지 마라. 막아서면 그 순간 지옥을 볼 것이다.”

스릉.

묵룡이 부드럽게 검집에 들어가며 맑은 음향을 내었다.

그리고 기사들과 병사들 모두 뜨거워진 눈으로 나만을 바라보며 가슴 벅찬 표정을 지었다.

‘오! 진정 당신은 신이 보내신 사자이십니까!’

파오니아 왕국의 진정한 충신 가문인 샬로만 자작은 가슴속에 치미는 격동에 눈시울이 벌겋게 달아올랐다.

수백 년 동안 왕국의 단물을 빨아먹던 몬스터 같은 귀족들을 단 며칠 만에 수도에서 몰아내고, 그들의 아성인 저택까지 모두 빼앗아 버린 카온이라는 남자.

지금껏 머리 속으로만 상상하던 왕국을 구원할 신의 사자가 강림한 것이다.

그렇게 아드리안느 공주님이 태양신께 바라던 구국의 영웅이 말이다.

'당신이 죽으라면 내 지옥을 향해서도 돌진하겠습니다. 당신과 함께라면 언제나 영광이 함께할 것이기에!'

엎드린 수백의 후작가 병사들 앞에서 아무 일도 없었다는 듯 무표정하게 서 있는 한줄기 바람 같은 남자.

이제 그 남자는 샬로만 자작, 아니, 이 왕국이 바라던 진정한 영웅의 길을 갈 것임을 의심치 않았다.

과거 대륙을 질타하던 폴라온 대제가 그러하였던 것처럼.

"모두 왕명을 집행하라!"

"추~웅!"

멍하니 바라보던 이들에게 명을 내렸다.

"후작가의 재산을 압류하라!"

대답과 함께 정신을 차린 기사들이 병사들을 이끌고 거대한 후작가의 저택으로 달려들었다.

국왕과 백성들을 버리고 안일을 좇아간 귀족들에 대한 울분을 풀어 버리려는 듯.

사라랑.

'벌써 봄이 오려는가……'

아드리안느 공주의 소망처럼 따뜻한 봄이 오려는지 살랑거리며 작은 바람이 코끝을 간질였다.

오늘도 온전한 하루를 사랑한 자를 축복하면서.

쾅!

"가, 감히!! 이, 이놈이!!"

헬렌 후작가의 화려한 집무실 책상이 강하게 내려친 후작의 손에 흔들거렸다.

방금 전 후작가로 왕궁의 저택에 있던 마법사가 보낸 마지막 보고서를 보며 헬렌 후작은 미칠 듯한 분노를 느꼈다.

근위기사단과 국왕군이 습격하여 후작 저택의 모든 물건들을 압류하였고, 소울 가드 십여 명이 장렬히 산화하였다는 내용.

더군다나 수도를 버리고 떠난 귀족들 대부분이 그렇게 당하였다는 어처구니없는 보고에 후작은 할 말을 잃었다.

귀족들이 누구던가. 왕국을 지탱하는 기사들과 병사들을 보유한 한 지역의 주인들이 아닌가.

그런 귀족들에게 검을 겨누었으니, 이제 남은 것은 국왕군과의 전쟁밖에 없었다.

"내 이놈을 갈기갈기 찢어 개의 먹이로 주리라!"

헬렌 후작은 한 남자의 얼굴을 떠올리며 살기를 뿜었다.

갑자기 바람처럼 나타난 그놈 때문에 제국과 자기가 꿈꾸던 모든 일들이 엉망이 되기 시작하더니, 결국에는 이렇게 뒤통수를 맞게 되었다.

"연락이 되는 각 영지에 급히 소식을 전해라. 기사들과 병사들을 대기시켜 언제든지 출병할 수 있도록!"

"네, 각하!"

헬렌 후작의 부관인 칼스몬 남작은 분노한 후작의 모습에 황급히 대답하였다.

성정이 과히 좋지 않은 헬렌 후작이었기에 무슨 불똥이 튈지 몰랐다.

"마법사도 대기시켜라."

"알겠습니다!"

'그놈을 죽일 수만 있다면, 내 제국의 개가 되리라.'

헬렌 후작은 수도의 저택에 남아 있던 재화들을 생각하며 갈색 눈에 살기를 가득 뿜어내었다.

이제 전쟁은 피할 수 없기에 무력으로 왕실을 무너뜨려야만 하였다.

제국에 좀 더 많은 조건을 양보해서라도.

"공주님, 오늘 하루 동안 왕실 창고에 쌓인 물품의 가격을 어림잡아 본 결과 삼만 골드가 넘는 것으로 파악되었습니다."

"사, 삼만 골드!"

샬로만 부단장은 공주가 눈앞에 있건만 입을 벌리며 놀라고 말았다.

"그러나 아직도 각 저택마다 명장들의 그림과 가구들이 남아 있으니 어림잡아도 이만 골드 이상은 더 충당되리라 예상되고 있습니다."

계속 이어지는 왕실 재정부 하급 관리의 보고.

대부분의 고위 귀족들이 수도를 떠났기에 왕궁의 각 실무자들이 임시로 대신들의 일을 대리하고 있었다.

아니, 귀족들이 행할 때보다 더욱 원활히 왕궁의 일들이 집행되고 있었다.

"두 분 다 수고하셨습니다."

"황공하옵니다."

국왕의 집무실에서 보고받고 있는 아드리안느는 뿌듯한 미소를 지으며 두 사람을 바라보았다.

단 며칠 만에 대대적인 개혁이 곳곳에서 일어나며 왕궁과 수도에 일대 파란이 일어나고 있었다.

감히 상상만 하던 일들이 한 남자가 나타남으로써 꿈에서 현실로 이루어지고 있는 것이었다.

'감사합니다, 나의 기사여.'

아드리안느 공주는 따뜻함이 가득 담긴 눈빛으로 든든하게 서 있는 카온 후작을 바라보았다.

묵묵히 옆에 서 있는 것만으로 세상 모든 것을 다 가진 기쁨을 맛보면서.

"공주 마마, 이제 힘을 모을 때이옵니다. 어차피 왕명을 거역하고 각자의 영지로 돌아간 귀족들은 이제 파오니아 왕국의 귀족들이 아닙니다. 아마도 저택의 습격을 빌미 삼아 수도를 향하여 진군해 올 것입니다."

"무슨 대책이라도 있으신지요?"

담담하게 말을 꺼내는 카온 후작을 바라보는 아드리안느 공주. 이미 모든 것은 카온 후작의 손에 넘어가 있었다.

―마스터, 저 눈빛은 어디서 많이 본 눈빛입니다. 마스터의 작업 실력은 갈수록 출중해지는군요, 흐흐.

아드리안느 공주의 매력적인 눈을 바라보며 가슴 뿌듯한 행복에 빠져 있을 때 어김없이 초를 치는 묵호.

아니, 묵호의 말처럼 아드리안느 공주의 눈빛에서는 세상 그 무엇과도 바꿀 수 없는 따뜻함이 담겨져 있었다.

"흩어져 있는 왕당파 귀족들의 힘을 모아야 합니다. 소신이 알기로, 파오니아 공국의 근간을 이루는 많은 충성스러운 귀족들이 왕명을 기다리고 있다 알고 있습니다. 비록 지금은 제국에 빌붙은 귀족들의 경계로 인해 각지에 흩어져 있지만, 국왕 폐하의 이름으로 부른다면 그들은 충정의 검을 빼어 들 것입니다."

"귀족들의 힘을……."

말이 끝나자 생각에 빠진 공주.

"공주 마마, 왕명을 내리신다면 귀족뿐만 아니라 수많은 백성들이 파오니아 왕국을 위하여 검을 들 것입니다."

공주에게 희망을 덧붙여 주는 샬로만 자작.

지금 다른 왕국과 제국이 알면 두고두고 비웃음을 살 일이 이곳에서 벌어지고 있었다.

왕실에 남아 있는 귀족이래야 나를 비롯하여 샬로만 자작을 비롯한 몇 명의 자작과 남작뿐.

기사들과 병사들을 지휘할 귀족들이 절실히 필요한 때였다.

"하지만…… 왕당파 귀족들이 후작과 제국파의 탄압에 세력이 상당히 약화돼 있을 것인데 힘이 될까요?"

공주의 걱정이 맞았다.

헬렌 후작파가 아닌 귀족들은 모두 조그만 영지에 소울 가드 몇 기를 소유한 귀족들이 대부분이라 헬렌 후작가와 연합한 귀족들의 힘에는 미치지 못할 것이다.

그러나 나에게는 방법이 있었다.

"공주 마마, 그들에게 없는 것은 소울 가드를 비롯한 재물뿐. 가슴에는 그 무엇과도 바꿀 수 없는 충정이 가득 담겨져 있습니다. 지금 귀족들에게서 걷어들인 세금을 그들에게 배분해 준다면 병사들을 모을 수 있을 것입니다. 거기에 더하여 소울 가드를 충당할 수만 있다면, 마나를 다룰 줄 아는 기사들이 있으니 충분히 헬렌 후작가와 귀족들을 견제할 수 있을 것입니다.”

“후작님이 마련해 주신 자금은 넉넉하지만, 지금 제일 중요한 것은 소울 가드일 것입니다. 소울 가드는 알다시피 돈으로만 구입할 수 없는 귀중한 물건이니 그것이 걱정입니다.”

현명한 아드리안느 공주의 걱정.

입가에 가벼운 미소를 지으며 공주의 걱정 어린 눈을 바라보았다.

“공주님의 기사인 제가 있습니다. 모든 것은 제가 알아서 하겠습니다.”

“아…….”

나의 말에 믿음이 담긴 눈빛을 반짝이는 아드리안느.

“단장님, 그렇지만 지금 재고로 남아 있는 소울 가드는 후작가의 기사들에게 취한 십여 기뿐입니다. 그것도 마법사들이 수리하고 있는 것들뿐인데…….”

샬로만 자작의 반문.

“부단장, 소망이란 바라는 자의 것. 나를 믿게나?”

“알겠습니다. 저는 후작님을 믿겠습니다.”

샬로만 자작보다 먼저 입을 연 아드리안느.

그녀만큼 세상에서 나를 믿어주는 이는 없었다.

아니, 앞으로도 영원히 그럴 것 같다는 생각이 들었다.

“호호호! 자, 오늘은 수고하신 두 분을 위해 맛있는 저녁을 준비하였습니다. 함께 가시지요.”

“화, 황공하옵니다.”

공주의 밝은 음성에 황공해하는 샬로만 자작.

오늘 저녁 식사도 유쾌한 시간이 될 것 같았다.

그렇게 방을 나서 식당으로 향하는 길.

“공주 마마, 안토니안 왕자님께서 요즘 너무 무리하시는 것이 아닌
지요? 근위기사들에게 듣기로, 왕실 연무장에 들어가시면 몇 투론 이
상을 머무르신다 하니 심히 걱정이옵니다.”

샬로만 자작은 조심스럽게 안토니안 왕자의 근황을 보고하며 충신
의 임무를 다하였다.

“호호, 어느 분께서 안토니안 왕자를 소드 마스터로 만들어주신다
하였습니다. 그분께서는 소망한 자에게는 이루어지지 못할 것이 없다
하였습니다. 저는 그 말을 믿습니다.”

“아! 그러셨군요. 소신도 그분께서 소드 마스터로 만들어주실 것이
라 지금 이 시간부터 믿겠사옵니다. 저의 소망도 그분께서 반드시 이
루어주실 것이라 확신하며 말입니다.”

“…….”

말과 함께 두 사람의 눈빛이 강렬하게 느껴져 왔다.

이러다 개나 소나 소드 마스터로 만들어달라 하는 것이 아닐까, 심
히 걱정되는 순간이었다.

“스승님!”

‘녀석, 제법이군.’

목검을 들고 천단세의 기본 자세를 잡고 있던 안토니안 왕자가 나를
발견하고는 기쁜 표정을 지었다.

불과 며칠 만에 금강항마공의 공능으로 몸이 제법 자유롭게 움직일 수 있자 성격이 많이 변해 있었다.

예전의 연약하여 부러질 것만 같던 몸은 그리 달라지지 않았지만 눈빛이 살아나고, 몸에서 풍겨 나오는 기운도 보통의 인간이 뿜어내는 기운과 비슷해졌다.

—호오, 악신의 저주가 서서히 걷어지고 있군요. 상당한 흑마법사가 행한 술법 같은데 이렇게 달라지다니.

묵호가 놀라워할 정도로 얼굴빛이 변한 안토니안.

"스승님을 뵙습니다."

연무장 중앙에서 달려오더니 기사의 예를 올렸다.

"그래, 몸은 괜찮아졌느냐?"

"스승님의 가르침대로 행하니 새로운 세상을 보는 것 같습니다. 정말 감사드립니다."

열망 가득한 눈으로 감사함을 표하는 안토니안 왕자.

처음 만났을 때의 연약한 의지를 갖고 있던 소년이 아니라 이제는 천하를 호령할 기세를 담기 시작하였다.

"아직 너의 몸에 깃든 어둠의 기운이 모두 풀린 것은 아니다. 하루라도 거르지 말고 마음을 다스리며 내가 가르쳐 준 바대로 마나를 운용하여라."

"명심하겠습니다."

고개를 살짝 숙이며 다짐하는 안토니안. 아드리안느가 기뻐할 모습이 눈에 선하였다.

'며칠 후부터 건곤구공 수련을 실시해야겠군.'

무당파 제자라면 누구나 입문과 동시에 배우는 건곤구공을 가르쳐야 할 것 같았다.

지금껏 아픈 몸으로 왕궁 서고에 틀어박혀 있던 몸인지라 어린 나이의 몸임에도 상당히 굳어 있었다.

이런 몸을 유연하게 만들어줌과 동시에 기초적인 체력과 경공술을 다져 주는 데는 건곤구공만한 것이 없었다.

"기사의 목숨은 바로 검이다. 비록 지금 네가 들고 있는 것이 목검이지만, 이 순간만큼은 그 검이 너의 목숨이니라. 그러니 단 한시도 검을 손에서 놓지 말거라."

"알겠사옵니다."

비록 망해가는 왕국의 왕자지만 왕자는 왕자였다. 그러나 지금 내 앞에서는 스승과 제자의 관계에 전혀 불만을 나타내지 않는 안토니안.

머리를 숙여야 할 때 숙일 줄 아는 자세로 보아 후에 성군으로 대성할 자질이 보였다.

"앉아보거라."

"네!"

자리에 앉으라는 말에 가부좌를 틀며 앉는 안토니안 왕자.

자리를 잡은 안토니안의 명문에 태극혼원기공의 기운을 흘려보내었다.

'참 특이하단 말이야.'

태극혼원기공의 기운을 흘려보내 안토니안 왕자의 몸에 쌓인 악신의 기를 내 몸으로 흡수하였다.

그 순간 어디에 잠재되어 있는지 모르던 규화대보록상의 기운이 나타나 흡수한 악신의 기운을 찾을 수 없는 몸 안 깊숙이에 저장해 버렸다.

아마도 내 몸 어딘가에 악신의 기운이 자리잡고 있을 것이다. 나도 찾아내지 못하는 곳에 말이다.

위이잉—

그렇게 얼마 동안 악신의 기운을 제거하자 안토니안과 내 몸 주위로 강력한 기운들이 소용돌이쳤다.

오 갑자에 이르는 내공으로 조금씩 개정대법을 펼쳤기에 날이 갈수록 안토니안 왕자는 고수가 되기에 적합한 몸으로 바뀌어가고 있었다.

이 대륙에서는 전혀 불가능한 방법으로.

'휴우…….'

어느 정도 개정대법을 펼치고 나서 잠잠하게 몰아지경에 빠져 있는 안토니안의 명문에서 손을 떼어낸 후 이마에 흐르는 땀을 닦아내었다.

—마스터, 마나의 양이 조금 감소했습니다. 허어, 이렇게도 마나의 전이가 이루어지는군요.

묵호가 감탄을 터뜨렸다.

'후후, 묵호, 세상은 넓고 우리가 알지 못하는 것은 많고도 많단다. 네가 알고 있는 지식이 모든 것이라 판단하지 마라. 그것만큼 어리석은 일은 없으니까.'

—마스터, 제가 지금 이천 년을 조금 넘게 살았는데 이제 갓 이십 몇 년을 산 마스터에게 이런 충고를 듣다니. 역시 세상은 오래 살고 볼 일이라니까요.

'컥…….'

꼭 말이 막힐 때마다 마음에 부담이 가도록 나이를 들먹이는 묵호.

이렇게 말할 때마다 이천 년이 넘게 산 어르신에게 하대를 하는 것 같아 마음에 가책이 느껴졌다.

이런 점을 파고드는 묵호. 괜히 나이를 먹은 것이 아니었다.

‘묵호, 나 내일 아침은 굶을란다.’

─마스터…….

‘내일 아침은 특별히 공주님이 부탁하여 만든 주방 요리사의 특별식이라 하던데. 아쉽군…….’

하지만 나도 방법이 있었다.

─마스터! 크윽, 너무하십니다. 먹는 즐거움으로 이 시골 같은 왕성에서 버티고 있는 저에게.

‘개길래?’

─마스터, 헤헤, 저도 마스터를 믿습니다. 믿는 자의 꿈은 이루어진다 하지 않았습니까. 저도 내일 아침 식사를 거르지 않는 마스터의 올바른 생활을 믿습니다.

‘……’

내가 말을 말아야 했다.

이천 년 묵은 여우와 더 이상 할 말이 있겠는가.

다만 어서 드래곤 하트라도 씹어 먹고 묵호를 완전히 내 밥으로 만들기를 소망할 뿐이었다.

‘잃어버린 신전에 가서 아리안에게 드래곤 하트 좀 기증하라고 할까? 설마 태워 죽이지는 않겠지.’

드래곤 하트에 대한 은근한 그리움.

묵호에 대한 증오가 망상을 키워가는 것 같았다.

그것도 죽음으로 직행할 수 있는.

제58장

어둠을 준비하는 자들

"지겹군……."

로브의 모자를 벗자 붉은 머리칼이 신경질적으로 바람에 날리는 한 남자.

마법사로 폴리모프하여 몇 년 동안 인간 세상을 유희하였기에 이제 더 이상 할 것이 없었다.

유희 중 제일 만만한 용병 생활을 하며 세상을 몇 년간 돌아다녀도 보았고, 조그만 상단을 꾸리며 상인 행세도 해보았다.

그것도 지겨워지자 시작한 마법사 노릇.

드래곤 간의 맹약으로 인간 세계에서 많은 행동을 할 수 없는 드래곤의 유희였기에 이것도 따분하였다.

그리고 선택한 마지막 유희.

직접 드러나지 않고도 인간계를 한바탕 휘저을 수 있는 방법을 찾아내었다.

지금 향하고 있는 아달톤 제국의 공작가를 찾아서.

"이럴 때 마족이라도 나타난다면 덜 심심하겠는데. 요즘은 마족을 소환할 흑마법사도 드물고, 도대체 무슨 재미로 살라는 말인지."

툴툴거리며 아름다운 얼굴에 따분함을 극치로 표현하는 남자. 그의 이름은 이디오스 칸 크레시아.

레드 드래곤 중에서도 성정이 더럽기로 소문난 드래곤이 바로 이디오스였다.

이제 몇백 년만 더 살면 드래곤 중의 드래곤이라 할 수 있는 에이션트 드래곤이 되기에 중간계에서는 무서울 것이 없었다.

이미 그는 전투력으로만 따지자면 다른 종족의 에이션트 드래곤과 맞먹는 능력을 가지고 있기에.

"후후, 어리석은 인간들. 왜 서로 죽이지 못하여 안달이란 말인가. 그깟 백 년도 살지 못하면서 말이야."

각 왕국과 제국을 돌며 각종 무투 대회에 참가하였다. 그 결과 곳곳에서 좋은 대우를 약속하였고, 지금 그곳 중 한 곳으로 향하고 있었다.

인간계를 한바탕 휘저어 이 무료함을 달래기 위하여.

"말을 타고 가는 것도 지겹군."

순간 피워 올린 드래곤 피어에 지레 겁먹은 검은 흑마.

무심한 눈길로 타고 있던 말을 바라보던 이디오스의 눈에 잠시 잔혹한 빛이 보였다.

"흐흐, 그래, 말은 본래 달리기 위한 생물. 한번 죽을 때까지 달려보거라!"

히이이잉!

갑작스러운 공포에 놀란 흑마.

말의 꽁지에서 갑자기 작은 불꽃이 물감이 번지듯 천천히 번져 나갔다.

히이잉!!

그러자 말은 갑자기 느껴지는 따끔한 불길에 울음을 터뜨리며 힘차게 앞으로 달려나갔다.

두둑두둑.

말이 놀라 죽을힘을 다해 달리자 불꽃도 서서히 말의 꼬랑지에서 활활 타올라 번져 갔다.

"푸하하하하! 그래, 달려! 그것이 바로 너의 임무야! 하하하하하!"

보이지도 않는 등 뒤의 불길과 고통에 놀란 말은 입에 거품을 물고 힘차게 달렸다.

화르르르.

그리고 어느 순간 달리던 말은 순식간에 화려한 불길에 휩싸이더니, 재가 되어 불어오는 바람에 한줄기 먼지로 변하여 사라져 버렸다.

바로 레드 드래곤만이 펼칠 수 있는 절대 불꽃이라는 언령 마법의 힘에 의하여.

"그래, 바로 이 맛이야. 흐흐흐."

잔인한 살육에 만족스러운 미소를 짓는 이디오스.

갑자기 그의 몸이 환한 빛에 휩싸이더니 한줄기 웃음만 남기고 사라져 버렸다.

"각하! 파오니아 공국의 왕실 근위기사단과 국왕군이 귀족들의 저택을 압류하였다 하옵니다."

"그래? 하하, 이젠 알아서 내분을 일으키는군. 서로 합심하여도 모자랄 판에 내분이라니, 흐흐."

론스온 공작은 루이스 백작의 보고에 오랜만에 만족한 웃음을 지었다.

황제에게 호언장담하며 파오니아 공국의 합병을 자신하다 갑자기 나타난 프리 나이트 놈 때문에 일이 틀어져 곤궁에 빠지기도 하였다.

아무리 론스온 공작이 아달톤 제일의 공작가라지만 곳곳에 정적은 존재하였고, 그 정적들의 공격으로 인해 지금 황제의 신임에 타격을 입은 상태였다.

그렇기에 빌어먹을 공국 놈들을 씹어먹으려는 가운데 들리는 반가운 소식.

어리석은 놈들이 제국이 개입할 빌미를 제공하고 있었다.

"저…… 그런데 그 카온이라는 자가 공국의 후작에 임명되었다 하옵니다. 더군다나 근위기사단장의 직위까지 받아서 말입니다."

"그래? 푸하하하하! 이거 아주 잘되었군. 공국의 백작위 이상은 황제 폐하의 인정을 받아야 하는데, 자기들끼리 후작위를 내려? 푸하하하! 좋아, 일이 아주 좋게 흘러가고 있어."

론스온 공작은 꼬였던 상황이 다시 풀릴 기미를 보이자 웃음을 터뜨렸다.

"각하, 그런 까닭인지 헬렌 후작이 뵙기를 청하고 있습니다. 아마도 공국에서 내전을 일으킬 모양입니다."

"그건 우리가 바라던 바가 아닌가. 흐흐흐, 공국의 내전을 빌어 공국의 귀족 놈들을 약화시켜야 해. 그리고 자연스럽게 공국의 내전을 종식시킨다는 명분하에 제국군이 참전하면 되는 것이야. 제아무리 소드

마스터가 있다지만, 제국의 힘은 능히 공국의 열 배에 달하는 상황. 이
번이 기회야! 푸하하하!"

루이스 백작의 보고에 론스온 공작은 은발을 흩날리며 호탕한 웃음
을 마음껏 터뜨렸다.

"각하! 마지막으로, 그 마법사가 곧 도착한다 하옵니다."

"그래? 잘됐군. 마법사만 오면 공작가의 위상이 한층 더 높아지겠
군. 7써클 마스터라 했지? 푸하하! 일이 안 풀리더니 이렇게 신은 다시
기회를 주는군."

연속으로 들려오는 기쁜 소식에 론스온 공작은 요즘 늘어났던 주름
이 펴지는 기분을 맛보았다.

"이번 기회에 무력으로 공국을 점령하는 방법이 좋을 것입니다. 제
국에서 작위만 있고 영지가 없는 귀족들이 많으니, 이번 기회를 빌어
그런 귀족들의 힘을 각하의 편으로 끌어들일 수 있을 것입니다."

"자내도 그렇게 생각하나? 흐흐, 나도 그렇게 생각하네. 흐흐, 아주
좋은 기회야, 아주 좋은……."

론스온 공작은 눈을 감으며 입맛을 다셨다.

다시 찾아오기 힘든 절호의 기회. 절대로 이 기회를 놓치면 아니 되
었다. 공작가의 무궁한 발전을 위하여…….

"네, 네놈은 누구냐! 감히 누구기에 나의 아들 행세를 하는 것이더
냐!"

주춤주춤.

어둠에 잠긴 거대한 방 안.

한 남자가 침대에서 굴러 떨어지며 놀란 눈으로 눈앞의 두 사람을

바라보았다.

"흐흐, 분명 저는 아버님의 자식입니다. 가슴에 있는 흉터가 저를 증명하였음을 아버님도 아시지 않습니까? 그런데 저를 부정하시다니요."

"아니야……. 아니야! 절대 그럴 리가 없어. 내 아들 다이올은 아비에게 검을 겨눌 아이가 아니야. 처음부터 네놈이 수상하다 생각하였다만……."

"호오, 그러셨습니까? 흐흐, 그런데 어떡하지요? 이제는 제가 공작가를 이어야 할 것 같습니다. 이제 제 일을 해야 할 때가 왔으니 말입니다."

뚜벅뚜벅.

말과 함께 두 남자는 천천히 침대 가장자리의 벽으로 주춤거리며 물러나는 브에느 공작을 향해 다가갔다.

"거, 거기 아무도 없느냐!"

분명 이 정도 소란이면 문 앞의 기사들이 들어와야 정상이건만, 아무런 기척도 없었다.

"아무리 불러봐도 소용없을 것이오. 흐흐, 방 안에는 절대침묵 마법으로 보호가 되고 있으니 말이오."

이제는 아예 말을 놓는 다이올.

"위대한 어둠의 종족이시여, 어서 뇌를 취하시옵소서."

"그럴까? 흐흐, 비록 늙었지만 마나 때문에 피는 깨끗하겠군. 현자의 가문이라며 이 정도의 마나를 소유하다니, 역시 세상에 믿을 놈은 존재하지 않았어."

부르르.

점점 다가오는 아들의 육신을 빌린 놈에게서 뿜어지는 지독한 마기에 브에느 공작은 아무런 저항도 못한 채 정신이 혼미해짐을 느꼈다.

그리고 깨달은 하나.

"마, 마족!!"

"흐흐, 그렇다. 내가 바로 위대한 마계의 아들인 델피니아디안 스메두하임이시다. 네 피를 마셔주는 나에게 감사하게 생각해야 할 것이야."

말과 함께 마족 델피니아디안의 손이 강렬한 붉은빛으로 휩싸였다.

그리고 팔마이온 왕국의 삼대 공작가이자 현자의 가문인 다르시크 가문의 현 가주인 브에느 공작은 붉은 어둠이 눈꺼풀에 가득 차는 것을 마지막으로 느꼈다.

갑작스럽게 찾아온 죽음.

덜썩덜썩.

순간 델피니아디안의 날카로운 손톱이 브에느 공작의 뇌에 파고들었고, 공작의 몸은 덜석거리며 요동쳤다. 그리고 그 순간 델피니아디안의 긴 손톱으로 하얀 뇌수가 응축되어져 몸으로 흡수되었다.

"음, 아주 싱싱하군. 현자의 가문이라 그러는 것인지 뇌수가 아주 맛있어."

금세 브에느 공작의 뇌수를 흡입해 버린 델피니아디안은 입맛을 다셨다.

"경하드리옵니다, 다이올 공작 각하."

"흐흐, 그래, 이제부터 내가 공작이다. 아비라는 자는 자다가 과로로 인한 갑작스러운 심장 발병으로 신께 귀의했으니 말이야. 푸하하하하하!"

어느새 조그맣게 뚫린 브에느 공작의 머리가 아무 일도 없었던 것마

냥 회복되었고, 고통에 일그러진 얼굴만이 남아 있었다.

팔마이온 왕국을 이끌어가던 현자의 공작은 그렇게 사라져 갔다.

인간 세계에 강림한 마족과 한 흑마법사의 음흉한 흉계에 의하여 아무도 모르게 육신을 잃은 영혼이 되어버린 것이다.

"기다리거라, 인간들아. 너희들의 피로 강을 만들 것이니! 크하하!"

어둠이 깊어지는 밤. 그렇게 인간계에 강림한 마족의 웃음소리는 어둠보다 더욱 진득하게 울려 퍼졌다.

제59장

준동

준동

"오오! 드디어 왕명이 내려온 거란 말인가!"

트라팔 자작 가문의 하이든 자작은 밀서를 받아 들고 격동하였다.

간악한 헬렌 후작을 비롯한 간신 귀족들이 유서 깊은 파오니아 왕국을 제국에 팔아먹으려는 이때, 힘이 없어 아무것도 할 수 없음을 한탄하였다.

왕국을 수호하고 주군인 국왕을 위하여 죽어야 할 기사로서 의무를 다하지 못하는 심정.

하이든 자작은 이제야 명예롭게 죽을 기회가 왔음을 깨달았다.

비록 계란으로 바위를 치는 격이지만, 이런들 어떠하고 저런들 어떠하겠는가. 기사로서의 명예를 위해 검을 들 수 있다면 그만이었다.

꿀꺽.

하이든 자작은 침을 삼키며 왕명이 적혀 있는 밀서를 천천히 개봉하였다.

파오니아 왕국의 충성스러운 기사 가문인 트라팔 자작가여, 이제 왕국을 위하여 명예의 검을 들 때가 왔노라. 간악한 헬렌 후작을 비롯한 몇몇 귀족들이 원수 같은 아달톤 제국에 왕국을 팔아먹으려는 이때, 참았던 분노를 그대의 검에 담을지니, 이제 그대들의 주군으로서 명하노라! 힘써 싸울 수 있는 모든 자들을 모아 나의 다음 명을 기다리거라. 다시 찾아올 파오니아 왕국의 위대한 이름을 기억하며! 기사여, 검을 들어라!

"크윽! 주군이시여!"
분명 이 밀서는 왕국을 임시로 통치하고 있는 아드리안느 공주가 작성한 것이리라.
아드리안느 공주는 주군께서 인정한 왕의 대리자. 그저 기사는 명을 따르면 그만이었다.
"자작님, 그리고 이것은 공주 마마께서 내리시는 군자금이오며, 이것은 카온 후작께서 내리시는 명령서이옵니다."
밀서를 전달하는 상인 복장의 근위기사는 품에서 묵직한 금화 주머니와 한 장의 명령서를 내밀었다.
"카온 후작님!"
카온의 소문은 이미 이곳 자작지까지 돌아 알고 있었다.
위기에 처한 아드리안느 공주를 구하고 왕국 간신들의 저택을 압류해 버린 초유의 인물이자, 소드 마스터인 동시에 너클 마스터이며, 근위기사단장인 파오니아 왕국의 새로운 영웅을 말이다.

'카온이라 하니 예전의 그가 생각나는군. 설마 같은 인물은 아니겠지……'

하이든 영주는 예전 레포르 마을의 카온이라는 자가 문뜩 떠올랐다.

영지의 기사가 되어달라 부탁하였건만 세상을 구경하겠다며 떠난 카온이라는 자.

아직도 그의 기다란 흑발과 무심하면서도 날카롭던 눈빛이 생각났다.

하지만 그가 아무리 능력이 뛰어난 자라 하여도 몇 년의 시간 동안 소드 마스터와 너클 마스터가 동시에 되는 것은 불가능하였다.

신이나 드래곤이 아닌 이상 절대로.

"그리고 마지막으로, 이것은 새로 지급된 마법 통신구입니다. 4써클 이상의 마법사가 이것을 사용하면 왕실 마탑으로 바로 연결될 것입니다."

근위기사가 마지막으로 내민 투명한 수정이 박혀 있는 마법 통신구.

분명 마법사 길드에서 구입했을 새로운 수정구였다.

이제 드디어 기사로서 명예롭게 죽을 때가 찾아왔다.

'나, 기사 하이든. 명예롭게 기사로 태어나 기사로 죽을 것이다!'

왕궁이 있는 북쪽을 바라보며 기사의 예를 올리는 하이든 자작.

이 순간 이곳뿐만 아니라 파오니아 왕국의 곳곳에서 때를 기다리던 충신들에게 왕명이 하달되었다.

파오니아 왕국의 귀족이자 기사로서 명예롭게 죽을 수 있는 영광스러운 죽음의 전쟁의 초대장이 내려졌기에.

"모두 정신을 집중하라! 마나의 흐름을 살피고, 자연스럽게 이어나 간다는 생각으로 마나가 끊기지 않게 다스려라!"

파오니아 왕실의 근위기사 연무장.

근위기사를 따라다니던 수습 기사들부터 시작해 마나를 아는 자들 은 모두 끌어 모았다.

분명 얼마 후에 대대적으로 쳐들어올 귀족들과 제국의 공격을 막기 위해서는 마나를 다루는 기사들이 절대 부족하였다.

그렇게 수도에 있던 자들과 용병들 중에서 내 소문을 듣고 기사가 되기 위해 찾아온 이백여 명이 지금 땀을 뻘뻘 흘리고 있었다.

'휴우, 삼류무사들을 이류무사로 만드는 것이 이리 힘들다니.'

무당파에서도 절대적인 위치에 있었기에 달랑 칠성검수를 지도한 것이 전부였다.

그러나 이곳에서 대규모로 기사들을 양성하고 보니 조사들의 노력 이 얼마나 수고로웠음을 이제야 깨달았다.

─마스터, 저래서 어디 오우거라도 한 마리 제대로 잡겠습니까? 마 나가 어디에 있는지도 모를 정도로 빈약해서야…….

몬스터의 최소 단위가 오우거인 묵호, 내가 답답한 만큼 묵호도 답 답하였던 것 같다.

그도 그럴 것이, 아마 저들이 가지고 있는 마나로는 묵호가 1단계 변 신도 못할 것이다.

'딱 보름이면 된다. 그 시간 동안 내 소울 가드를 착용할 수 있을 만 큼의 기사들로 만들어놓을 것이다.'

이미 오십여 근위기사들의 혈도를 마나가 끊이지 않고 흐를 수 있게 타통시켜 놓았다. 그리고 이제 여기 있는 이백여 명의 기사들을 대충

손보면 되었다.

'소울 가드는 일단 카이니스에게 부탁해야겠군. 잃어버린 성전의 재물을 조금 풀면 능히 백여 기는 구할 수 있을 것이야.'

아직까지는 잃어버린 성전의 고대 소울 가드와 폴라온 대제의 무덤에 있는 소울 가드를 사용하고 싶지는 않았다.

힘을 기르기도 전에 자칫 고대 소울 가드가 이 왕국에서 대량으로 나타나면 다른 제국과 왕국에서도 욕심을 부릴 것이기에.

"뭐 하나! 기사의 검은 힘도 중요하지만 부드러움도 중요하다! 부드러움 속에 끊이지 않는 강력한 힘이 바로 상급의 기사로 가는 첫걸음이다!"

소드 마스터에 이르는 몇몇 깨달음을 던져 주자 상급의 소드 익스퍼트였던 샬로만 자작은 최상급 익스퍼트가 되었다.

아마도 중요한 순간마다 이대로 깨우침을 몇 번 더 던져 주면 곧 소드 마스터가 될 것이다.

지금도 저들을 수련시키는 샬로만 자작의 말투 속에서는 일반 기사들이 알아야 할 요지들이 충분히 녹아 있었다.

'이곳은 일단 되었고, 잃어버린 성전에 다녀와야겠군.'

주신을 모시는 유일한 사제인 아리안과 대화할 생각을 하자 벌써부터 머리가 아파왔지만 어떡하겠는가. 아쉬운 것은 오로지 나뿐이었다.

'묵호!'

―네, 마스터!

나의 속뜻도 모르고 똑부러지게 대답하는 묵호.

'아리안이 보고 싶지 않느냐? 후후.'

―컥! 마스터……. 설마!! 으아아아!

아리안이라는 말이 나오기 무섭게 눈치챈 묵호의 비명 소리가 머리를 강하게 울렸다.

"후후후……."

어둠이 깃들어가는 근위기사단의 연무장을 뒤로하고 천천히 근위기사단의 단장실로 향하였다.

"라라라~ 라라~ 라라~"

언제나 듣기 좋은 아리안의 목소리.

오늘도 홀로 잃어버린 성전을 지키고 있건만 아리안의 노랫소리는 외롭게 들리지 않았다.

"호호호, 어서 와요, 인연자 카온님."

근위기사단 단장실에서 왼손에 착용한 반지에 의지를 담자 번쩍이는 빛과 함께 몸이 잃어버린 신전에 와 있었다.

마법이 경이로운 것은 알았지만 드래곤의 능력은 생각했던 것 그 이상이었다.

단지 반지에 의지를 담았을 뿐이건만 엄청난 거리를 순식간에 이동해 왔다. 내공을 하나도 사용하지 않았건만.

―마스터……. 이, 이곳은…….

설마하다 당한 묵호의 조심스러운 음성.

"시끄러우니 너는 잠이나 자거라, 호호호."

―마, 마스…….

끝까지 마스터라는 말을 내뱉지 못하고 조용해진 묵호.

'바로 이거야!'

아리안의 엄청난 마나 덕분에 묵호로부터 자유를 얻었다.

아무리 묵호가 인간이 아니라지만, 인간의 생각을 품고 사는 묵호와 경험을 공유하는 것은 사양하고 싶었다.

아니, 잠시라도 가끔씩은 홀로 있고 싶었다.

"감사합니다."

"호호, 아니에요. 사실 과거 저 소울 가드의 주인도 한때 그 문제로 고민했었지요."

'역시 폴라온 대제도 그랬군.'

나의 예상이 맞는 순간이었다.

"인연자여, 그래, 나에게 들려줄 인간 세계의 이야기는 없는지요? 분명 인간들이 세운 위대한 제국은 사라졌겠고, 중간계에 다른 일들은 없는지요?"

"별일이야 있겠습니까? 다 그저 신들의 운명대로 흐르는 존재들일 뿐인데 말입니다."

"호호호, 카온님은 참으로 재미있는 분이시군요. 신의 운명을 거스를 수 있는 파멸의 조각을 들고도 운명 타령을 하시다니 말입니다. 참으로 재미있으신 분입니다."

허리에 매여 있는 묵룡을 바라보며 파멸의 조각이라 말하는 아리안.

'파멸의 조각? 묵호도 파멸의 검이라 하지 않았던가.'

아직 묵룡에 대해서는 그리 아는 것이 없었다.

묵룡과 함께 모든 세월을 함께하였다 해도 과언이 아니지만, 아직도 나는 묵룡에 대해 많이 알지 못하였다.

다만 묵룡은 때로는 친구처럼, 때로는 아비처럼 나를 안아주는 존재라는 것밖에.

"그런데 오늘은 무슨 일로 오신 것인지요?"

"네……. 잠시 저 재물들을 빌려 가고자 하옵니다."

"빌려 가요? 호호, 카온님, 드래곤은 언약의 종족. 한 번 내뱉은 말은 반드시 지켜야 한답니다. 제가 이곳에서 마나의 품으로 돌아갈 때까지 신을 경배하는 이유는 바로 마나와의 맹약 때문입니다. 그리고 카온님께 이곳의 모든 물건들을 드린다 한 것도 바로 맹약입니다. 이곳의 주인은 제가 아니라 바로 카온님, 당신입니다."

"알겠습니다. 다시 한 번 감사드립니다."

머리를 살짝 숙여 진심 어린 마음을 표하였다.

"좌표를 불러주신다면, 제가 워프 마법으로 이동시켜 드리겠습니다."

"아닙니다. 그러실 필요는 없습니다."

사양과 함께 품에서 작은 포대를 꺼내었다. 그리고 바닥에 지천으로 널려 있는 보물들 중에서 돈 좀 되어 보이는 보석들을 담기 시작하였다.

'휴우, 이것들이 다 보석이라니.'

한 자루 묵직하게 차 있는 보석.

아리안이 살아오면서 모아온 보물과 과거 마도시대 신전의 재물로 바쳐진 재화들.

한 자루 퍼 가지고는 티도 나지 않았다.

'아, 맞아! 소울 가드 설계도!'

묵묵히 미소를 지으며 아리안을 바라보다 갑자기 떠오른 한 가지.

아리안처럼 오래 산 드래곤이라면 분명 파오니아 왕국에 존재하지 않는 설계도가 있을 것이다.

염치없지만 진정한 강국으로 다시 태어나려면 마정석과 설계도가
필요하였다.

"아리안님, 죄송하지만 소울 가드의 설계도와 마정석을 구할 수 있
겠습니까?"

"호호, 죄송이라뇨. 당연히 드려야지요. 그런데 어떤 소울 가드 설
계도를 원하는지요? 그레이드 급, 아니면 헬리언 급? 그것도 아니면 가
이안 급? 그것도 아니면 마법사용 소울 가드?"

"헉! 가, 가이안 급……."

마법사용 소울 가드 설계도 하나만도 거의 국보에 가까운데 아무렇
지도 않게 가이안 급의 설계도를 논하는 아리안.

각 왕국에서 이 말을 듣는다면 아마도 난리가 날 것이다.

이미 마도시대의 역사와 함께 실존된 가이안 급의 설계도.

그 이름의 가치만으로 능히 왕국의 무게와 같았다.

"아니, 가이안 급은 됐습니다. 노멀 급과 그레이드 급, 그리고 헬리
언 급의 설계도만 있으면 됩니다."

"호호, 알겠습니다. 그런데 예전 마도시대의 소울 가드 설계도를 지
금의 마법사들이 재현할 수 있을지 모르겠네요. 제대로 된 소울 가드
를 만들려면 7써클 이상에 8써클 정도의 마법사가 존재해야 하는데."

'7써클에서 8써클이라……. 어려운 이야기군.'

헌 제국과 왕국의 왕실 궁정 마법사들도 대부분 7써클 마법사가 최
고의 마법사였다. 그런데 그 이상의 마법사를 구한다는 것은 쉬운 일
이 아니었다.

"아! 제가 소울 가드의 마법진에 새겨 넣는 부분은 만들어 드리지요.
어차피 이곳에서 남는 게 시간인데."

"저, 정말입니까!"

너무나 아름다워 감히 아름답다라는 말조차 아까운 아리안의 얼굴이 더없이 아름다워 보이는 순간이었다.

"호호, 제가 언제 한 입 가지고 두말한 적이 있었나요? 단! 마법진을 새겨 넣는 일은 할 수 있지만, 이곳에 재료가 없는 관계로 소울 가드의 기본적인 주물은 만들어 오셔야 합니다. 제 생각으로는 페다룬 산맥의 일족에게 이 일을 맡기면 아주 좋아라 할 것입니다. 그들도 마도시대의 소울 가드의 주물 제작은 쉽게 접할 수 있는 것들이 아니니까요."

'페다룬 산맥의 일족이라면…… 드워프군.'

과거 샤볼에서 만났던 드워프가 자신은 페다룬 산맥의 은둔의 일족이라 하였었다.

"감사합니다. 제가 물건이 준비가 되는 대로 바로 이곳으로 오겠습니다."

"호호호, 그리하도록 하세요. 어차피 신께 귀의한 몸. 남는 게 시간이랍니다."

감히 누가 저렇게 맑은 웃음을 터뜨리는 여인이 드래곤이라 상상이나 하겠는가.

그것도 지상 최강의 힘을 가진 최강의 드래곤이라고.

'일단은 이것으로 급한 불은 껐군.'

그렇게 신전을 벗어나 나가려는 순간 눈에 확 띄는 소울 가드 한 기.

은은한 푸른 빛이 아름다워 보이는 소울 가드는 분명 소드 마스터들이 사용하는 헬리언 급 소울 가드였다.

'후후, 이것은 샬로만 자작을 위한 선물로 삼아야겠군.'

아드리안느 공주를 위하여 충성을 아끼지 않는 샬로만 자작의 얼굴이 눈앞에 떠올랐고, 주저없이 푸른 빛의 마도시대의 소울 가드를 집어들었다.

그리고 어느새 기도 자세를 잡는 아리안을 뇌둔 채 반지에 의지를 담았다.

번쩍.

눈앞을 어지럽게 하는 빛과 함께 엄청난 마나의 흐름을 느끼며 그렇게 눈을 감았다.

"재미있는 사람이야……."

카온이 사라지자 기도를 하던 아리안은 눈을 떴다.

"인간이나 드래곤이나 모두 똑같은 신의 피조물들. 서로 다를 게 무엇이던가. 오늘을 사랑하면 그뿐……."

알 수 없는 단어를 몇 마디 던지고 다시 눈을 감는 아리안.

순간 그녀의 몸을 밝은 성령의 기운이 살며시 감싸 안았다.

"저, 정말 이것을 제가 가, 가져도 됩니까?"

언제나 당당하던 기사, 샬로만 자작.

두 손으로 받아 드는 헬리언 급 소울 가드의 푸른 몸체를 바라보며 감격에 말을 더듬었다.

"하하, 부단장, 이제 곧 소드 마스터가 될 것인데 헬리언 급 소울 가드는 있어야지. 그리고 이것은 거저 주는 것이 아니라네. 바로 그대가 충성하는 왕실을 보호하라 내리는 기사의 증정품이라네."

"가, 감사합니다. 이 은혜 목숨으로 갚겠습니다."

손에 든 헬리언 급 소울 가드를 바라보며 두 눈에서 눈물을 흘릴 것만 같은 샬로만 자작.

소드 마스터가 되어야만 왕이나 황제에게 하사받는 헬리언 급 소울 가드.

그러나 이 가난한 왕국에서는 소드 마스터가 되어도 헬리언 급 소울 가드를 하사받을 수 없을 것이다.

그런데 기대하지도 않았던 헬리언 급 소울 가드를 소유하게 되자 감격에 겨워하는 것이었다.

"아! 그 소울 가드 말이야."

"네?"

감격에 겨워하면서도 다시 빼앗아 갈까 봐 두 손으로 그것을 꽉 잡고 있는 샬로만 자작의 모습.

그 모습은 평소 그가 보이던 근위기사단의 부단장으로서의 모습이 아니었다.

어린아이들처럼 과자를 받아 들고 다시 빼앗아 가지는 않을까 걱정하는 순수한 욕망의 모습일 뿐이었다.

"마도시대의 물건이라네."

"네~!!"

더 이상 눈이 커질 수 없을 정도로 커진 샬로만 자작.

일반 헬리언 급도 아닌 마도시대에 만들어진 헬리언 급 소울 가드.

아마 샬로만 자작이 소유하고 있는 마도시대의 소울 가드는 대륙에서도 다섯 손가락 안에 드는 보물일 것이다.

"그럼 수고하게."

멍하니 소울 가드와 나를 바라보는 샬로만 자작을 단장실에 남겨둔
채 공주가 있는 방으로 향하였다.
이제 모두가 다 잠을 이루는 밤.
내 여인을 지키러 가야 했다.

제60장

여인들

여인들

'**아!** 오셨군요.'

하루종일 왕국의 일로 정신이 없어 보이는 그녀만의 기사.

아드리안느는 문밖에서 나는 남자의 조용하면서도 묵직한 발자국 소리를 들으며 마음의 안식을 얻었다.

참으로 고맙고, 고마운 사람이었다.

단 한 번의 인연으로 운명 같은 길을 찾아온 남자.

아드리안느 공주는 입가에 자연스럽게 지어지는 미소를 느낄 수 있었다.

사락.

그리고 자리에서 일어나 손에 들고 있는 망토를 조심스럽게 받쳐 들었다.

정무에 바쁜 와중에도 난생처음 바늘을 들어 그녀만의 기사를 위해 망토를 만들었다.

시비들이 말렸지만 꿈에서라도 반드시 해보고 싶었던 일.

아드리안느 공주는 자신을 힘차게 안아주었던 남자의 품을 생각하며 이 망토를 만들었다.

두근두근.

조심스럽게 방문을 향해 걸음을 옮기는 아드리안느 공주, 그녀의 심장은 방문이 가까워질수록 더없이 빨라졌다.

'아…….'

그녀가 문으로 다가오는 것이 느껴졌다.

연한 발자국 소리와 함께 문 사이로 스며 나오는 그녀의 체취. 가벼운 탄성이 일었다.

언제나 심장을 뛰게 만들고 영혼을 적셔오는 저 내음.

내가 수호해야 할 내 여인의 향기였다.

뚝.

문 앞에서 멈춰 선 그녀의 발자국 소리.

두근거리는 그녀의 심장 소리가 문 하나 사이로 들려왔다.

'아…….'

그녀의 심장 소리와 나의 심장 소리가 같은 박자를 이루며 뛰었고, 그녀의 깊은 한숨과 나의 나직한 탄성이 서로의 귓가에 울렸다.

이대로도 좋았다.

가슴 벅찬 감정이 심장의 피가 솟구칠 때마다 울컥거리며 온몸을 적셔왔다.

달칵.

문이 조심스레 열리며 그녀의 향기가 확 밀려들어 왔다.

부드러우면서도 맑아, 도저히 다른 그 무엇으로도 표현할 수 없는 그 내음.

조심스럽게 등을 돌렸다.

'아드리안느…….'

은은한 왕궁의 마법 등불 사이로 하야디 하얀 순백의 드레스를 입고서 폭포수 같이 기다란 금발을 묶은 머리가 허리까지 치렁거리며 서 있는 아드리안느.

눈빛은 마법등의 연한 붉은빛에 촉촉이 젖어 푸른 영혼을 그대로 보여주는 것 같았다.

그리고 보이는 은은한 분홍빛의 볼.

한 폭의 미인도처럼 그렇게 아드리안느는 아리게 가슴에 박혀왔다.

"카, 카온님……."

수줍게 입을 열어 달디단 숨결을 전해오는 아드리안느.

나의 이름을 조심스럽게 불러왔다.

"네, 공주님……."

그녀의 목소리에 전염이 된 듯, 나의 목소리라 할 수 없는 부드러운 소리가 흘러나왔다.

바람이 불면 날아갈 것만 같이 연약한 그녀.

언제나 그녀의 앞에 당당히 서서 붉어오는 비바람을 막아주고 싶었다.

"저… 이것……."

무엇이 그리 부끄러운가. 신하들 앞에서는 천하를 호령하던 아드리안느 공주가 내 앞에서는 고개조차 들지 못하였다.

‘사랑스러운 여인…….’

그녀가 내민 손에는 하얀 기사용 망토가 들려 있었다.

한눈에 보아도 고급스러운 재질로 만들었음을 알 수 있는 망토.

부끄러워하는 아드리안느 공주를 보며 작은 장난을 치고 싶어졌다.

“섬김의 레이디가 기사에게 망토를 하사할 때는 손수 입혀주어야 하는 것입니다. 기사가 그 망토를 두르고 레이디의 존귀한 사랑을 천하에 알리도록 말입니다.”

“네에…….”

나의 말이 끝나자 더욱 수줍어 하며 볼이 붉어지는 아드리안느 공주. 가냘픈 그녀의 허리를 꽈악 껴안고 싶은 충동이 자연스럽게 일었다.

스윽.

날씬하고 여인치고는 키가 제법 큰 아드리안느. 하지만 망토를 둘러주기 위해서는 내가 고개를 낮추어야 했다.

덜덜덜.

고개를 낮추자 입고 있던 망토를 벗기기 위하여 다가오는 아드리안느의 떨리는 작은 손.

두근거리는 심장 소리와 함께 그녀의 마음을 알 수 있었다.

투둑.

기사용 망토의 꽉 짜여진 끈이 힘겹게 풀리며 입고 있던 망토가 묵직하게 바닥에 떨어졌다.

그리고 들고 있던 망토를 펼쳐 두 팔을 벌려오는 아드리안느.

닿을 듯 말 듯한 그녀의 가녀린 육체가 내 몸에 느껴졌다.

‘아…….’

죽고 싶을 정도로 그녀를 안고 싶다는 강인한 충동이 머리에서 발끝까지 꿰뚫고 지나갔다.

나의 충동처럼 아드리안느도 떨고 있음인가.

망토의 끈을 묶지 못하고 두 손을 하염없이 떨고 있는 그녀.

눈앞에 그녀의 순백의 하얀 목선이 수줍게 드레스 사이로 드러나고 있었다.

봄에 피는 매화처럼 싱그럽고 향긋한 향기를 풍기며.

와락.

"아!"

참았던 욕망의 끈을 풀고 그녀의 가녀린 허리를 힘껏 껴안았다.

귓가로 들려오는 아드리안느의 작은 탄성이 꿈결처럼 들려왔고, 입혀주려던 망토는 바닥에 스르륵 떨어져 내렸다.

그리고 살며시 느껴지는 그녀의 두 팔.

넓은 어깨를 다 감싸지 못한 그녀의 두 팔은 내 허리를 살며시 안아왔다.

바로 이 내음이었다.

내 영혼을 마비시키고, 내 운명의 지표가 되어버린 여인의 향기가 비어버린 영혼에 꽉 들어차기 시작하였다.

"음……."

한 팔로도 안을 수 있는 아드리안느의 부드러운 허리.

맹수에게 잡힌 한 마리 사슴처럼 귓가로 애처로운 신음을 흘렸다.

하지만 놓아주기는 싫었다.

한 팔은 그녀의 허리를 감고, 다른 한 손으로는 마법등에 부서지는 붉은 황금 빛 머리칼을 쓰다듬었다.

내 여인.

지금 이 순간은 누가 뭐라고 하여도 아드리안느는 내 여인이었다.

─마, 마스터! 내 온몸의 살들이 돋아나고 있어요. 으으, 이게 바로 말로만 듣던 드래곤 껍질 살이군요.

'……'

한참 좋은 기분에 부드럽게 취하여 있건만 머리를 울리는 묵호의 초치는 소리.

순간 온몸이 빠르게 경직되어 갔다.

움찔.

몸이 경직되자 품에 안긴 아드리안느도 뛰었던 가슴을 진정시키며 정신을 차리는 것 같았다.

'묵호… 묻는다.'

─마, 마스터… 그게 아니라…….

"카온님… 숨 막혀요."

"네……."

이런 커다란 아쉬움이라니! 아드리안느를 품에서 놓아주자 가슴 깊이 허전함이 물밀듯이 밀려왔다.

휘릭.

쿵!

얼굴이 벌겋게 상기된 아드리안느는 방 안으로 뛰어 들어가며 문을 닫았다.

"휴우……."

가벼운 한숨이 터져 나왔고, 아쉬움은 곧 분노로 변해갔다.

'묵호, 오늘은 너와 도저히 같이 있을 수 없겠구나.'

─마스터! 설마 저를 진짜 묻으려는 것은 아니지요?

말이 필요없는 상황.

복도의 창을 열고 힘차게 뛰어내렸다. 그러고 나서 두 발이 닿은 지상의 땅을 소리도 없이 팠다.

—마스터!! 안 돼요! 저를 이렇게 야만적으로 다루시다니!

퍽퍽.

분노한 내공으로 인하여 땅이 깊숙이 파졌다.

—마스터, 잘못했어요! 다음부터는 작업할 때 아무 말도 안 할게요! 그냥 감상만 할게요.

아직도 반성을 못한 묵호.

뜨거운 맛을 보여주어야 했다.

—마, 마스…….

묵호에게 내공을 보내 소울 가드를 해제했다. 마지막으로 처절하게 마스터를 부르는 묵호의 비명 소리를 귓가로 흘려버리며.

"깊이 반성해라. 다음에는 아주 팔아버릴 테니까."

친절하게 묵호가 묻혀 있는 땅을 발로 꼭꼭 밟으며 새 마음을 가진 착한 소울 가드로 환생하기를 기원하였다.

팟!

그리고 힘차게 지상을 박차 뛰어내렸던 창으로 다시 들어갔다.

'후후후…….'

아드리아느의 조용한 방문을 바라보자 조금 전의 행복했던 순간이 다시 머리 속에 떠올랐다.

'묵룡……. 좋은 여인이지?'

위이잉.

묵호도 없는 밤.

공주의 방문 앞에서 언제나 듬직한 묵룡을 쓰다듬으며 눈을 감았다.

이 밤, 내 여인이 깊이 잠들기를 소원하며.

'아…….'

아드리안느는 뛰는 가슴을 진정시키며 침대에 얼굴을 깊숙이 묻었다.

그녀가 의도하지 않게 또다시 안기게 된 그녀만의 기사의 넓은 품.

눈을 감아도 그의 듬직한 품과 남자의 향기가 느껴져 왔다.

'이것이 행복이던가…….'

언제나 외로이 홀로 귀족들과 제국의 횡포를 견뎌야 했건만, 그녀의 기사가 나타나면서 모든 것이 해결되고 있었다.

언제나 힘이 없는 왕국과 미래를 생각하며 눈물 젖던 침대의 침대보들이 이제는 행복의 눈물을 담고 있었다.

아드리안느는 그렇게 깊숙이 얼굴을 묻으며 행복한 미소와 감사의 눈물 한 방울을 흘렸다.

지금이 꿈이라면 영원히 깨어나지 않기를 소망하며, 그렇게 아드리안느는 어느새 스르르 깊은 잠에 빠져 들었다.

오늘 밤도 그녀의 기사가 그녀를 수호할 것이기에.

"이곳까지 귀한 발걸음을 해주셔서 감사합니다."

후작이라는 작위를 받았지만, 그전부터 알던 인연이기에 경어를 사용하며 인사를 하였다.

"호호, 귀한 발걸음이라니요. 오늘은 저희 상단의 중요한 거래가 있는 날이니 당연히 제가 와야지요."

　기다란 은발을 곱게 빗어 질끈 동여맨 푸른 눈동자의 미녀.

　조그만 인연이 아니었기에 사이몬 상단의 카이니스 양이 직접 이곳까지 찾아왔다.

　"감사합니다. 제가 딱히 도움을 청할 곳이 사이몬 상단뿐이었습니다."

　"호호, 제가 아니라 상단이라는 것이 조금 섭섭하지만 카온 후작님의 마음은 고맙게 받겠습니다."

　사이몬 상단에서도 나름대로 무리한 결정이었을 것이다.

　만약 파오니아 공국과 소울 가드를 포함한 대규모 무기 거래를 한다는 정황이 다른 제국이나 왕국에 전해진다면, 사이몬 상단은 상당한 타격을 받을 것이다.

　특히 아달톤 제국과 제이니스 제국에게 말이다.

　'도박이던가……'

　카이니스는 아마 오늘 도박을 하러 온 것이리라.

　나 하나만을 믿고 펼치는 무리한 도박.

　성공한다 해도 그녀에게는 크게 돌아갈 것도 없는 패이건만, 그녀는 그 패를 받아들이고 있었다.

　"오늘 제가 부탁하고자 하는 것은 대규모 무기 거래를 위해서입니다. 이미 알고 계시겠지만 본 왕국은 안으로는 헬렌 후작가를 위시한 귀족들의 반란이 일어날 것이며, 밖으로는 아달톤 제국과의 전쟁이 예상되고 있습니다. 그에 반하여 가진 기사들이나 마법사, 그리고 병사들까지 총체적으로 부족한 상황입니다. 아니, 기사들과 병사들은 모을 수 있지만 소울 가드 기사들과 병사들을 무장할 소울 가드와 병기들이 턱없이 부족한 수준입니다. 도와주십시오, 이 왕국을 위하여."

단도직입적인 부탁.

카이니스는 얼굴에 웃음을 지으며 생각을 알 수 없는 푸른 눈동자로 나의 눈을 직시하였다.

"호오, 알 수 없군요. 상당한 능력을 가지신 카온님이 이 왕국을 위하여 이리도 애를 쓰시다니. 분명 그 정도 실력이면 다른 제국이나 왕국에서도 백작위 이상을 받으실 수 있는 실력인데 말이에요. 정말 알 수가 없습니다……."

무엇이 궁금한 것이던가.

카이니스는 의자에 앉아 의문에 찬 질문을 해왔다.

"카이니스님, 상인에게 있어서 제일의 덕목이 무엇이라 생각하십니까?"

"호호, 물론 신용입니다. 재물이야 잃을 수도 모을 수도 있지만, 신용을 잃으면 상인의 생명은 끝이 나지요."

"약속의 소중함은 그 무엇과도 바꿀 수 없습니다. 저는 지금 남자로서 한 약속을 지키고 있습니다, 죽는 그날까지."

"아… 그렇군요."

상인인 카이니스에게 더 이상의 대답을 할 필요가 없었다.

신용이나 약속이나 일맥상통한 것들이기에.

'소문대로 아드리안느 공주를 섬김의 레이디로 받들고 있구나……. 죽음의 위험이 가까이 왔음에도……. 진정한 프리 나이트인가.'

자유연합도시 샤볼에 살기에 프리 나이트에 대해 그 누구보다도 잘 알고 있는 그녀.

프리 나이트 기사학교를 졸업하는 기사들은 많았건만 진정한 프리 나이트라 불릴 만한 기사는 드물었다.

　그런데 눈앞의 카온이란 남자는 잃어버린 프리 나이트의 정신을 보여주는 것 같았다.

　사랑과 명예를 위하여 검을 드는 진정한 프리 나이트의 정신.

　'어차피 어지러운 세상이 도래할 것이다. 이 한 번의 결정으로 상단의 운명은 결정될 것이다. 난 내 눈을 믿는다. 그리고 저 남자도…….'

　어릴 때부터 상인의 삶을 살아온 카이니스. 아버지에게 다른 것은 몰라도 사람 보는 법은 제대로 배웠다.

　그리고 지금 상단의 운명을 건 도박이 시작되려 한다.

　기울고 있는 사이몬 상단이 앞으로 영원히 빛나느냐, 아니냐는 갈림길에서.

　카이니스는 차분히 마음을 다듬으며 카온을 바라보았다.

　처음 볼 때부터 믿음이 가는 남자였기에 신뢰를 가득 담고, 거기에 더하여 야릇한 여인으로서의 상상도 곁들이며.

　"후작님의 제의를 수락하겠습니다. 단, 저도 상단에 매인 상인입니다. 상단의 주인이신 아버님에게 내놓을 무언가가 저도 필요합니다. 저야 후작님을 믿지만, 아버님은……."

　말과 함께 야릇한 눈으로 바라보는 카이니스.

　─마스터, 한 말씀 올려도 될까요?

　며칠 전 교육의 효과인지, 고분고분한 말투를 쓰는 묵호.

　'말해.'

　─마스터! 저 눈빛은 어디서 많이 본 눈빛입니다. 플로네시아라는 정령사도 그렇고, 아드리안느 공주님도 그렇고, 오늘 저 여인의 눈빛도

그렇고……. 역시! 주인님은 작업의 제왕이십니다!!

'음…….'

묵호의 단호한 판단.

순간 할 말이 없었다.

원래 여인들에게 무감각하였지만 저런 눈빛에 대해서는 이제 조금 알 것 같았다.

"이것이면 되겠습니까?"

철렁.

단장실 바닥에 있던 묵직한 자루를 책상 위에 올려놨다.

"……?"

카이니스는 갑자기 책상 위에 올려진 자루에 의문을 보였다.

"소울 가드를 구할 수 있는 대로 구하여 주십시오. 어느 곳에서 만들었는지는 관여하지 않겠습니다. 그리고 각종 무기를 만드는 철광석과 기타 완제품의 무기들도 눈치껏 공국으로 수송하여 주십시오. 이것은 그 대금의 일부이며, 부족한 금액은 다음에 이런 보석류로 치르겠습니다."

스윽.

책상에 올려진 자루를 카이니스에게 내밀었다.

"헉!! 이것은!!"

처음에는 의문을 표하던 카이니스. 그러다 곧 자루를 열어 그 내용물을 살펴보더니 놀라움을 감추지 못하였다.

거대한 상단의 주인이라 할 수 있는 카이니스가 놀랄 정도의 물건들.

그것은 바로 잃어버린 성전에서 가져온 보석들이었다.

"제가 알아본 바에 의하면, 여기 있은 보석들은 모두 다 드워프의 세공을 거친 최상급의 보석들입니다. 이 정도의 보석이라면 제가 말한 것들에 대한 계약금 정도는 되겠지요?"

"네? 자, 잠시만요."

자루를 열고 그 안에 있는 형형색색의 보석들을 바라보며 경탄하는 카이니스.

일일이 보석을 모두 꺼내어 보더니 어느 순간 환한 미소를 지었다.

"훌륭해요. 모두 드워프의 손으로 가공한 보석들이 맞아요. 거기에다가 보석의 원석 자체가 워낙 크고 좋은 것들이라 흠잡을 데가 없는 것들이구요."

상인의 눈빛으로 돌아온 카이니스, 만족한 표정이 역력하였다.

"파오니아 공국, 아니, 왕국에 이런 보석들이 있다니 놀라워요!"

무엇인가 더 알아내고 싶어하는 카이니스.

그러나 오늘은 여기까지였다.

"만족하셨다니 다행이군요. 오히려 앞으로도 좋은 관계를 유지하였으면 하는 바람입니다."

"호호, 상인에게 좋은 물건을 제공하고, 거기에다가 신용까지 있다면 더할 나위가 없지요. 앞으로 저희 상단이 잘 부탁드립니다."

나의 말하는 바를 깨닫고 웃음을 지으며 계약이 성사되었음을 알리는 카이니스.

일단 한 고비는 넘어갔다.

"아! 한 가지 정보를 듣고 싶습니다."

"호호, 제가 아는 사실은 모두 알려드리지요. 아! 저도 한 가지 알려

드릴 것이 있습니다. 바로 후작님의 안위에 관한 것이지요."

"제 안위라? 궁금하군요."

"다 후작님이 벌이신 일들의 결과물이에요. 저희 아버지께서 항상 말씀하시기를 '원인 없는 일들이란 신들에게도 없다' 라고 하셨습니다. 호호호, 후작 각하라면 능히 헤쳐 나가실 수 있는 일이지만, 일반 왕국이라면 모두 벌벌 떨 일이지요."

말을 끊으며 묘한 미소를 짓는 카이니스.

'제이니스 제국의 일인가?'

인연으로 벌어졌던 일들.

결코 후회하지 않는다, 그 순간에는 그 행위가 최선의 방법이었기에.

"호호호, 대충 예상하고 계시는군요. 후작 각하의 예상이 맞을 것이에요. 제이니스 제국에서 바람의 카온님이 파오니아 왕국의 후작이 되신 것을 알고 지금 이를 갈고 있다는 소문입니다. 다행히 다크라임 해상왕국과 몰튼 섬을 중심으로 한 해상 몬스터들 때문에 파오니아 왕국으로 병사들을 이끌고 직접 찾아오지는 않겠지만 무언가 조치를 취하겠지요. 호호, 제이니스 제국의 자존심은 유달리 강하니까요."

별로 좋지 않은 소식을 전해주는 카이니스.

"그렇군요. 좋은 소식은 아니지만 그리 나쁜 일도 아닌 것 같군요. 어차피 막아서면 베어버릴 것이니."

누구든지 내 할 일을 막아서는 자는 결코 용서하지 않을 것이다.

오늘을 최선을 다하여 살면 그뿐. 그 이상의 것은 이제 신들의 몫이었다.

‘이 사람, 정말 신이라도 벨 수 있겠군.’

카이니스는 눈앞의 카온이라는 남자가 자기가 상상하던 것보다 더 큰 사람임을 깨달았다.

소드 마스터가 대륙에 많은 것은 아니지만 없는 것도 아니었다. 그러나 이렇게 오만할 정도의 자신감을 가진 이는 아마 없을 것이다.

홀로 제이니스 제국의 소드 마스터와 골드 드래곤 기사단을 물리쳤다는 소문이 거짓이 아니라는 것을 확신할 수 있었다.

‘호오, 이런 남자라니…….’

지금껏 보아왔던 남자들에 대한 무시하던 감정이 확연히 깨지는 순간이었다.

대륙에서는 드물게 묶은 검은 흑발을 여인처럼 기다랗게 허리까지 늘어뜨리고, 검은 머리칼과 어울리는 심연의 바다 같은 묵빛 눈동자 속에는 상인인 카이니스조차 파악할 수 없는 비밀을 간직한 남자.

남자가 아름답다라는 표현은 이런 때 쓰는 말임을 깨달았다.

남자로서 당당한 자신감을 표하고, 그 자신감이 거짓이 아닌 진실로 무장되어 있을 때, 그때 비로소 남자는 남자로서 아름다워지는 것이리라.

“호호, 후작님의 건투를 축복의 신이신 아밸카님의 이름으로 기원하겠습니다.”

진심 어린 기원을 담는 카이니스.

이 남자를 선택하는 이 순간, 한판의 거대한 도박이 체결되어 버렸다.

파오니아 왕국과 사이몬 상단의 운명을 걸고.

제61장

잠자는 사자

잠자는 사자

"그, 그놈을 반드시 죽여야 해! 감히 내 가문에 이런 치욕을 안겨주다니! 크으!"

제이니스 수도인 페이츤. 그중에서도 가장 거대한 저택을 자랑하는 호미니온 공작가에 분노의 음성이 거대한 공작가를 울렸다.

제이니스 제국에서 가장 큰 성세를 자랑하던 호미니온 가문과 골드 드래곤 기사단의 체면이 땅에 구겨졌다.

과거부터 쌓아온 공작가의 명성 때문에 한 번의 패전으로 황제나 다른 귀족들에게 내치지는 않았지만 신임우 땅에 떨어졌다.

그것은 명백한 패전도 아니었다.

그러나 페스탄 왕국을 정벌하고 오겠다는 황제 앞에서의 호언장담이 돌이킬 수 없는 화살로 돌아왔다.

이제 그 영향으로 당분간 황제와 다른 귀족들 앞에서 입을 조심해야 하는 캘스벅 공작.

귀족들 중에서도 오만하기로 유명한 캘스벅 공작으로서는 도저히 참을 수 없는 자존심의 상처를 받았다.

더욱이 그놈의 검이 무서워 꽁지가 빠져라 전장을 이탈한 자신의 모습이 밤이면 밤마다 악몽으로 나타났다.

"각하, 고정하시옵소서! 놈이 있는 곳을 알아내었으니 이제 복수만 하면 되옵니다."

캘스벅 공작에 버금가는 분노를 가슴에 담은 아인타스 백작.

이번 전쟁에서 승리를 하면 후작가로 작위가 상작할 수 있었건만 이제 다 물거품이 되어버렸다.

"으드득, 어떠한 대가를 치르더라도 놈은 반드시 죽여 버릴 것이다. 바람의 카온…… 네놈을!!"

평소 깔끔하던 백금발의 귀족의 눈에서 몬스터의 눈에서나 어리는 광망이 터져 나왔다.

"각하! 일단 암살 길드에 의뢰를 하시옵고, 그것도 여의치 않으면 아달톤 제국과 연합하여 놈을 죽여야 할 것입니다. 지금까지는 놈의 위치를 확인할 수 없어 복수할 방법을 찾지 못하였으나, 놈은 이제 파오니아 공국에 얽매여 있을 수밖에 없는 상황입니다. 정보 길드에 의하면, 놈이 파오니아 공국의 아드리안느 공주를 섬김의 레이디로 삼았다 하니 말입니다."

"호호호, 그놈도 꼴에 프리 나이트라 이건가? 좋아, 아주 잔인하게 복수해 주지. 놈과 그놈이 섬기는 레이디를 그놈 앞에서 아주 잔인한 방법으로 죽여 버리겠어. 크하하하하!"

이제껏 복수할 방법이 없어 분노를 쌓아두었던 캘스벅 공작.

잔인한 복수를 생각하며 광기의 웃음을 터뜨렸다.

"각하, 다크라임 왕국에 공문을 보내어 파오니아 공국으로의 해상로를 확보하여야 할 것이옵니다. 이번 기회를 빌미 삼아 북대륙까지 제국의 영토를 넓힐 수 있다면 좋을 것이옵니다."

"북대륙? 그래, 그것도 좋지. 그렇지 않아도 요즘 부쩍 반기를 드는 다크라임 왕국 놈들을 구속할 명분을 찾고 있었는데 잘되었군. 이번 기회에 다크라임 놈들과 동시에 북대륙을 노리는 것도 좋겠어."

복수의 광기를 부리는 캘스벅 공작이었지만, 이 순간에는 제국을 이끄는 냉철한 공작의 모습을 보였다.

바로 이 모습이 제이니스 제국에 그 누구도 넘볼 수 없는 영향력을 만들어온 호미니온 공작가의 참모습이었다.

"그럼 그리 알고 준비하겠습니다."

"호호, 그러도록 하시오. 이제부터 새로운 사냥이 시작되었으니……. 호호호."

"헬렌 후작, 준비는 다 되어가고 있소?"

"네, 각하. 이미 저를 따르는 공국의 귀족들이 삼백여 소울 가드 기사들을 비롯한 이천의 기사단, 그리고 오만의 병사들을 모아 진격 명령을 기다리고 있사옵니다."

"호오! 상당한 병력이구려. 자그마한 공국에 그런 병력들이 있다니."

"그들 모두가 얼마 후면 제국의 병사들이 될 것이옵니다. 특히 소울 가드 기사들은 모두 공작 각하의 명을 충실히 따를 것이옵니다."

헬렌 후작은 극진한 아부를 하며 론스온 공작에게 머리를 숙였다.

마음 같아서는 헬렌 후작가의 기사들과 다른 귀족들의 힘만으로 왕성을 함락시키고 싶었지만, 카온이라는 자가 목에 탁! 걸렸다.

소드 마스터, 그것도 중급의 소드 마스터를 단 몇 수에 죽여 버리는 카온이란 놈을 도저히 막을 방도가 없었다.

'흐흐흐, 어차피 제국에서도 놈을 제거하지 못하면 공국과의 합병은 힘들 것이니 도와주겠지.'

헬렌 후작은 지금까지 뛰어난 머리로 공국에서 최고의 가문을 만들어내었다.

비록 지금은 공국의 후작이지만, 제국과 합병된 후에도 제국에 후작가의 지위를 만들 야심을 가지고 있었다.

그런 헬렌 후작은 미끼를 던지며 론스온 공작의 명을 기다렸다.

"음, 다 좋은데 카온이라는 놈이 문제구려. 몇 만의 병사를 동원하면 놈을 죽일 수야 있겠지만, 이거 자존심이 용서치 않으니……."

'흐흐, 약은 놈. 공국의 왕성을 점령하고 황제 폐하께 모두 털어서 바치겠지. 그래, 어디 한번 그래 보도록 하여라. 이미 나에게도 준비가 되어 있으니…….'

헬렌 후작이 내전을 일으켜 공국의 왕도로 진격할 때를 노려 제국에서도 공국의 내분을 막는다는 명분으로 참전할 것이다. 그리고 귀족파와 국왕군이 서로 싸워 피를 흘리는 순간, 무혈입성을 할 계획이었다.

"그렇습니다, 각하. 놈을 제거하지 않으면 파오니아 왕실은 언제나 제국의 눈엣가시가 될 것이옵니다."

공작이 흔들리는 모습을 보이자 더욱 부채질하는 헬렌 후작.

"하지만 공국의 내분에 직접적으로 관여할 수 없으니 내 다른 방법을 찾아봐 주겠소."

"다른 방도라 하옵시면……?"

'바보 같은 놈.'

헬렌 후작보다 심리적 우위에 있는 론스온 공작.

후작의 다급한 모습에 마음껏 속으로 비웃었다.

"용병을 구해주겠소."

"요, 용병이요? 하지만… 용병 중에서 누가 소드 마스터를 상대하려 하겠습니까? 그들도 소문을 다 들었을 텐데……."

차마 대놓고 불만을 토하지는 않았지만 헬렌 후작의 얼굴은 조금 일그러져 있었다.

"하하, 설마 내가 소드 마스터의 상대도 안 되는 일반 용병들을 붙여주겠소?"

"그러하옵시면 누구를……. 설마! 그들을 말씀하시는 것이옵니까!!"

그들을 지칭하며 놀라는 헬렌 후작.

"하하, 후작은 역시 똑똑하시구려. 바로 그렇소. 엥겔의 사신단이 이번 일을 맞아주기로 하였소."

"오! 이렇게 기쁜 소식이! 엥겔의 사신단이라면 충분하고도 남지요."

엥겔의 사신단이라는 말에 얼굴이 환해지는 헬렌 후작.

용병들 사이에서 전설로 통하는 엥겔의 사신단.

십 년 전, 더 이상 재미있는 일이 없다며 용병계를 떠난 삼 인의 청부 용병들.

소드 마스터인 검의 사신 엘루스, 7써클 흑마법의 사신 다킨즈, 마지막으로 최상급 땅의 정령을 소환하는 정령의 사신 투다르까지.

그들이라면 충분히 카온이라는 자를 죽일 수 있을 것이다.

'어리석은 놈. 그놈들 가지고 동수를 이루면 다행이리라. 그때 본 카온이라는 놈의 실력은 이미 상급의 소드 마스터였다.'

진실의 결투에서 보았던 카온이라는 자의 실력은 소드 마스터인 론스온 공작이 본 바에 의하면 상급의 실력이 분명하였다.

"헬렌 후작, 그들이 도착하는 즉시 겁을 상실한 파오니아 왕실에 뜨거운 맛을 보여주시오."

"각하, 염려 마십시오! 제가 제국의 근심거리인 파오니아 왕실을 이번에 깨끗이 정리하겠습니다. 그리고 영명하신 황제 폐하께 온전한 파오니아 공국을 바치겠사옵니다."

"오! 역시 헬렌 후작은 제국의 신하가 되기에 충분한 마음가짐을 가지고 있구려. 내 이 마음을 황제 폐하께 전하여 드리겠소이다."

"저는 오직 황제 폐하와 각하를 믿을 뿐이옵니다."

서로 마음을 감추고 있는 자들의 대화.

누군가 지켜보고 있다면 이들이 진정한 아달톤 제국의 신하들이라 생각이 들 정도였다.

"단장님! 상단에서 소울 가드 삼십여 기가 일차로 보내어져 왔습니다. 모두 노멀 급이지만 상태는 아주 좋은 편입니다."

사이몬 상단에서 소울 가드가 도착하자 흥분한 모습을 보이는 샬로만 자작.

귀족들에게서 압수한 세금으로 기사들과 병사들의 밀린 급료를 지불하였고, 기사들과 병사들을 국왕군의 이름으로 대대적으로 모집하자 신이 나 있었다.

거기에다가 절대적으로 부족한 소울 가드 기사들이 채워지자 기쁨을 감추지 못하였다.

"충성심이 강하고 성적이 좋은 자들에게 일차로 소울 가드를 배분하도록 하시오. 그리고 기사들에게 새로이 자원한 병사들을 충분히 훈련시키도록 하시오."

"명을 받들겠습니다, 단장님!"

"그리고 이번 달부터 기사들과 병사들의 급료를 평소 지급하던 급료의 반을 더하여 지급하시오."

"알겠습니다!"

예전 같았으면 급료를 줄 돈이 어디서 나느냐며 따졌을 샬로만 자작. 그러나 이제는 내 말이면 모든 것을 믿고 따르는 모습이었다.

"들어오는 정보에 의하면, 왕실의 인물들을 노리는 암살 길드가 움직였다 하오. 근위기사들에게 일급 경계령을 내리고 만반의 준비를 해 주시오."

"걱정 마십시오! 단장님께서 가르침을 내린 이후 근위기사들의 실력이 눈에 띄게 좋아지고 있습니다. 만약 이대로 몇 년만 지난다면, 대륙 최초로 소드 마스터로 이루어진 근위기사단이 창설될 것입니다."

요즘 부쩍 말뿐만이 아니라 실력까지 배양된 근위기사단.

검술의 가르침도 중요하였지만 믿고 열심히 따라준 그들의 몫도 컸다.

"하하, 모두 다 부단장과 근위기사들이 본인의 말을 믿고 따라준 덕분이오. 앞으로도 그런 자세를 유지하여 주시오."

"각하의 말씀, 가슴에 새겨두겠습니다."

"오늘은 내가 급히 다녀올 데가 있으니 특별히 경비에 만전을 더하여주시오. 간악한 귀족들과 오만한 제국 놈들이 무슨 짓을 할지 모르니 말이오."

"목숨으로 기사의 임무를 다하겠습니다."

점점 더 믿음직스러워지는 샬로만 자작.

'공국의 유일한 소드 마스터를 깨워야 한다.'

사방에서 몰려오는 적을 상대하기 위해서는 소울 가드 기사들도 필요하지만, 나의 부재를 충원할 수 있는 소드 마스터가 필요하였다.

그렇기에 오늘, 잠자는 왕국의 사자를 깨우러 가려 한다.

─마스터, 이동 마법을 펼치겠습니다.

왕실 마탑으로부터 넘겨받은 좌표집을 묵호에게 보여주었다.

그리고 단장실에서 펼쳐지는 이동 마법.

왕도에서 라이돈 공작이 있는 자인 성까지는 제법 먼 거리였기에 내공의 소모가 극심할 것이다.

─이동!

묵호의 이동이라는 마법 영창과 함께 쑤욱 빨려 나가는 단전의 오갑자 내공.

'휴우……'

번쩍이는 빛과 함께 단전의 내공이 거의 모두 소모되는 순간 살랑이는 바람이 동시에 느껴졌다.

사용할 때마다 느끼는 마법의 신기한 능력.

참으로 신기한 힘이었다.

"이곳인가······."

비었던 단전의 내공이 태극혼원기공의 능력으로 서서히 다시 차 오르기 시작하였다.

언제나 주변에 널려 있는 자연의 기가 숨을 들이킬 때마다 내공으로 변하고 있었다.

그리고 멀리 보이는 자인 성.

유서 깊은 왕국의 공작가답게 웅장한 자인 성의 모습은 멀리서도 뚜렷하게 보였다.

"잠자는 사자를 깨우러 한번 가볼까."

팟!

실로 오랜만에 나와 보는 왕도를 벗어난 대지.

발밑에 느껴지는 흙의 느낌을 즐기며 힘차게 나아갔다.

"정지! 어디서 온 자이냐!"

근위기사단의 망토를 벗고 평범한 여행자 로브를 입은 채 성문으로 들어가려 했다. 그러자 제법 군기가 잡힌 기사들과 병사들이 앞을 막아섰다.

'그래도 이 정도면 훌륭하군.'

기사들의 균형 잡힌 몸과 병사들의 절도있는 모습.

거기에다가 낡았지만 잘 손질된 갑옷과 무기들이 일단은 마음에 들었다.

"용병입니다. 지나가는 길에 잠시 들렀습니다."

"용병패를 보여라."

귀족이 아닌 이상 경어를 사용할 필요가 없는 기사.

딱딱한 사무적인 목소리로 물어오는 기사의 눈빛은 가까이 다가서자 더욱 날카로워 보였다.

'익스퍼트 중급 이상이군.'

내가 들어서는 성문을 막고 서 있는 기사는 모두 두 명. 병사들 십여 명과 함께 그들의 모습은 근위기사단과 달라 보이지 않았다.

"여기 있습니다."

말과 함께 왕실 창고에서 꺼내온 이급 용병패를 보였다.

"용병패가 맞군. 들어가게. 소란 피우지 말고."

기사의 허락을 받고 안으로 들어서는 자인 성.

'사람들이 제법 있군.'

아달톤 제국과 가장 근접한 자인 성은 파오니아 왕국의 수비의 핵심이었다.

만약 이곳이 제국군에 의해 뚫린다면 왕도까지 막아줄 성과 병력은 존재하지 않는다. 그렇기에 튼튼하게 지어진 자인 성의 넓은 성안에는 제법 많은 이들이 살고 있었다.

'사람들의 표정에 활기가 넘치는군. 사자가 병석에 있다 하였건만 영지민들은 이렇게 기운이 넘치다니.'

영주가 아파 움직이지도 못한다 들었지만, 특이하게도 돌아다니는 이곳 영지민들의 얼굴은 왕도의 사람들보다 더 밝아 보였다.

그렇게 사람들을 살피며 성안을 돌아다니기를 얼마, 눈에 띄는 여관으로 발걸음을 옮겼다.

"어서 오십시오."

밝은 음성과 함께 주인장이 맞았다.

“간단하게 먹을 안주와 맥주 한 잔 주십시오.”

“헤헤, 알겠습니다. 저희 집이 자인 성에서 제일 시원하고 맛있는 맥주를 가지고 있습지요.”

상인이라면 누구나 하는 말을 꺼내며 자리를 안내하는 주인장.

아직 저녁이 되지 않은 시각인지라 손님들이 별로 없었지만 손님 맞을 준비를 하는지 주방 쪽은 시끌벅적했다.

‘일단은 분위기를 살펴본 후에 찾아가 봐야겠군.’

라이돈 공작이 왕실에 찾아오지 않은 지가 벌써 오 년이라 하였다.

아무리 제국에서 인정하지 않는 공국의 공작이지만, 파오니아 왕실은 그를 공작으로 인정하고 대우해 주었다.

그러나 무크리온 왕이 쓰러지고, 라이돈 공작이 왕실에 나타나지 않은 이후로 헬렌 후작가를 비롯한 귀족파가 득세하여 전국이 어지러워졌다.

지금의 상황에 어느 정도 책임이 있는 라이돈 공작.

무언가 이유가 있음이 분명하였다.

“여기 음식이 나왔습니다. 맛있게 드십시오~! 헤헤.”

기분 좋은 웃음을 지으며 주인장은 커다란 나무 잔에 맥주를 가득 담아왔다.

안주로는 대륙 사람들 누구나 즐기는 돼지고기 육포가 살짝 구워져 나왔다.

‘오랜만이군.’

투박한 나무 잔에 부글거리는 맥주의 거품.

나름대로 맥주를 즐기던 나였지만 실로 오랜만이었다.

꿀걱.

―카야~! 바로 이 맛입니다!

막 시원하게 벌컥거리며 마신 후 주인장의 말대로 맛있는 맛에 감탄을 하려는 순간 초를 치는 묵호.

맛있던 맥주 맛이 평범하게 변하는 순간이었다.

'개 버릇 남 못 준다 하더니. 역시 구제불능이군.'

갖은 협박과 함께 땅속 깊이 묻히고도 정신을 차리지 못하는 묵호. 이제는 포기해야 할 것 같았다.

드래곤 하트를 구하지 못하는 한 영원히.

"자! 오늘도 한잔하고 집에 가자고."

"흐흐, 그래. 집에 가봐야 잔소리하는 마누라밖에 없으니, 여기서 시원하게 한잔하고 가자고. 이러나저러나 어차피 구박당하는 것은 마찬가지니까."

"맞아, 요놈의 여편네들이 갈수록 성정이 고약해진다니까."

왁자지껄한 소리와 함께 들어오는 삼 인의 인물.

다들 성안의 사람들인 듯 주인장도 반갑게 그들을 맞이하였다.

"어서들 오게. 오늘은 안 오나 싶었는데, 역시나 나를 실망시키지 않는군."

"어서 시원한 맥주나 주게. 한잔 먹고 마누라 구박받으러 가야 하니."

"클클, 자네를 보면 내가 살맛이 느껴진다네."

"맞아, 저렇게 구박받으려고 그렇게 꽁지 빠지게 쫓아다녔나?"

즐겁게 떠들며 자리를 잡았고, 곧 커다란 잔에 거품이 넘쳐 나는 맥주가 날라져 왔다.

“요즘 몬스터도 사라지고 정말 좋군.”

“맞아, 철가면의 기사님이 나타나면서 모든 것이 안정되어 가니 살 맛이 나. 꼭 예전에 공작님이 건강하실 때의 영지 같지 않은가?”

“누가 아니래. 이렇게만 편하다면야 살맛이 나지.”

‘철가면의 기사?’

평범한 성민들의 이야기 속에 등장하는 철가면의 기사.

아무래도 그가 영지를 이렇게 만든 것 같았다.

“그나저나 요즘 분위기가 심상치 않는 것 같아. 제국에서 넘어오던 상인들의 발걸음도 뜸하고 말이야.”

“그러게 말이야……. 얼마 전에 있었던 아드리안느 공주님의 일 때문에 제국의 심기가 뒤틀린 게 아닐까?”

“휴우, 우리가 무슨 힘이 있는가. 제국의 심기가 뒤틀려도 무슨 힘이 있어야지.”

이곳에도 소문은 돌았던 것 같고, 오랫동안 제국의 횡포에 휘둘린 백성들답게 제국의 심기를 파악할 정도였다.

“예전 우리 아버지 때에는 제국이 우리 왕국의 눈치를 볼 때도 있었다고 하던데 말이야.”

“그때가 다시 올라나 모르겠네. 나도 그런 때가 있었으면 좋겠네 만…….”

그래도 백성들은 귀족들보다 나았다.

썩어빠진 귀족들은 자신들의 목숨을 위해 제국에 빌붙었건만, 백성들은 왕국의 강대함을 소망하고 있었다.

‘공작이 몸져누운 것이 사실이고, 그 공백을 철가면의 기사라는 자가 막아주고 있었군. 그리고 백성들 또한 별다른 이탈의 모습은 보이

지 않는다라······.'

이 정도면 충분하였다.

이제 사자를 찾아가 봐야 할 때가 왔다.

파오니아 왕국에서 유일하게 소드 마스터의 경지에 올랐고, 한때 검의 흑사자라 불렸던 라이돈 공작을 찾아서.

'제법 방어가 튼튼하군.'

공작의 성에 얼마나 많은 기사들이 있는지 알 수가 없었다.

다만 공작의 조그만 내성 곳곳에 솟은 망루와 성벽에서 날카로운 눈빛을 가진 병사들이 경비를 서고 있었다.

'공작, 한번 기대해 보겠소.'

많은 기대는 하지 않았다.

다만, 혹시라도 검을 들 수 있다면 나의 운신의 폭을 넓혀줄 것이란 자그마한 희망을 가질 뿐이었다.

슉.

가볍게 지면을 박차고 한 마리의 야조처럼 10샤이 높이의 내성을 넘었다.

곳곳에 감시하는 병사들이 있었지만 기척을 죽이고 넘어가는 내 모습을 발견하지는 못하였다.

나는 지금 이 순간 한 마리의 야조가 되었기에.

'이곳인가?'

내성의 성벽을 타고 안쪽으로 들어서기를 얼마쯤.

기사들과 병사들이 둘, 셋씩 짝을 지어 순찰을 돌고 있었다.

그러나 완벽한 은잠술을 펼치는 나를 발견하지는 못하였고, 곧 공작의 방으로 보이는 곳까지 이르렀다.

'몸져누웠다 하건만, 이 마나의 양은 무엇인가? 그리고 혼자가 아닌 둘?'

내공을 돋워 방 안을 살폈다.

그러자 아프다던 공작이 건강한 것인지, 활기찬 소드 마스터의 마나가 느껴져 왔다. 그것도 혼자가 아닌 두 명의 소드 마스터의 기운이.

'들어가서 확인해 봐야겠군.'

이곳까지 왔으니 거리낄 일도 아니었다.

다만 제국과 다른 귀족들의 정보망을 피해 이렇게 잠입했을 뿐이다.

똑똑.

"누구인가?"

방문을 두드리자 들려오는 늙수그레한 목소리.

기운이 없는 목소리의 주인공이 공작임이 분명하였다.

"왕궁에서 왔습니다."

"와, 왕궁? 들어오게."

왕궁이라는 말에 놀라움을 표하면서도 서슴없이 들어오라는 공작의 허락.

로브를 벗고 예의를 갖추어 문을 밀고 들어갔다.

'음, 저분이 라이돈 공작?'

분명 검의 흑사자라 불리던 라이돈 공작이었건만, 지금 보이는 이는 백사자였다.

어깨까지 내려온 하얀 백발이 스승님의 수염처럼 새하얗게 보였고, 이제 겨우 육십대에 이르렀다 하였건만 살날이 얼마 남지 않는 사람처럼 보였다.

다만 몸에 지닌 마나의 강력함으로 인하여 눈빛은 강렬하게 빛나고 있었다.

"그대는 누구인가?"

'저자가 철가면의 기사군.'

공작과 담소를 나누고 있었는지, 작은 테이블의 의자에 앉아 있는 두 사람.

"공작 각하께 처음으로 인사를 올립니다. 이번에 새로이 후작의 지위를 하사받은 카온 드 아슈한 후작이라 하옵니다."

"카온 드 아슈한 후작이라……. 그대가 바로 그 바람의 카온이라는 프리 나이트군."

이곳에 있으면서도 소문은 듣고 있었던지 공작은 나를 알아보았다.

"그렇습니다. 왕국이 위급하기에 공작님을 찾아뵈러 왔습니다. 건강한 모습을 보아 다행입니다."

"허허, 건강한 모습이라. 자네의 눈에는 그렇게 보이겠군."

─마스터, 공작에게서도 악신의 저주가 느껴지고 있습니다. 상당한 기간 동안 저주를 받았건만, 마나의 힘으로 버티고 있었던 것 같습니다.

'그렇군. 악신의 저주라……. 분명 헬렌 후작이나 제국에서 꾸민 일이리라.'

알아본 바에 의하면, 악신의 저주를 내릴 수 있는 사람은 악신의 사제들 중에서도 고위급 사제들뿐이었다.

더군다나 성신의 사제들이 감지하지 못할 정도의 저주라면 대사제급의 저주가 분명하다 하였다. 그리고 이런 일을 꾸밀 능력이 되는 자들은 헬렌 후작과 아달톤 제국밖에 없었다.

"악신의 저주를 받으셨군요. 그것도 상당히 강력한 저주입니다."

"아, 악신의 저주! 자네, 그 말에 책임질 수 있는가? 지금 내 병이 악신의 저주라는 것을!!"

"기사의 이름을 걸고 맹세할 수 있습니다."

"마, 말도 안 돼……."

챙!

갑작스러운 말에 공작이 믿지 못하겠다는 표정을 짓자 갑자기 철가면의 기사가 검을 뽑아 들었다.

'호오! 이제 막 소드 마스터의 초급에 이르렀군.'

분명 공작가와 관련이 있는 인물.

공작가에 공작을 제외한 다른 소드 마스터가 있음이 신기하였다.

"거짓을 고하면 죽는다."

느릿하면서도 변조된 느낌의 중성적인 목소리.

─마스터, 여자군요. 나이도 어려 보이는데 벌써 저 정도의 경지라니.

'여자? 그리고 어려 보여?'

소울 가드를 착용하지 않았는지 검은 갑옷과 검은 철가면을 쓰고 있는 여인.

내가 알아채지 못하였건만 묵호가 성별과 나이를 맞췄다.

정말 알 수 없는 능력을 가진 소울 가드이다.

“기사의 명예를 우습게 아는가? 그렇다면 검으로 말할 수밖에.”

내 앞에서 검을 빼어 드는 자는 그 누구도 용서하고 싶은 마음이 없었다.

스릉.

묵룡이 기다렸다는 듯이 검집에서 맑은 검명을 울리며 빠져나왔다.

“…….”

일순간 찾아온 긴박감.

무슨 생각을 하는지 라이돈 공작은 바라만 보고 있었다.

‘실력을 보고 싶다 이건가?’

사양하고 싶은 마음은 없었다.

다만 이 시험이 마지막이 되기를 바랄 뿐이었다.

나를 무시하는 자에게 두 번의 아량은 베풀 수 없기에.

“타앗!”

상당히 넓은 공작의 방.

구궁칠성보법을 펼치며 구궁의 방위를 밟아갔다.

그리고 가볍게 상대의 허리를 베어 가는 묵룡.

“감히!”

검을 날리자 날카로운 여인의 고음이 터져 나오며 검이 마주 날아왔다.

빠른 출수와 군더더기없는 검식.

정통있는 무가에서 수업을 받은 자만이 펼칠 수 있는 수법이었다.

땅!

검기나 검강을 사용하지 않고 펼치는 일격들.

허공에서 불꽃이 튀며 검이 맞붙었다 떨어지기를 수차례.

진검을 맞부딪치며 겨루기에는 좁은 방 안이었지만 전혀 개의치 않고 서로의 빈틈을 노리고 검을 나눴다.

'호오, 그래도 소드 마스터인가.'

실력을 보고 싶어 검을 나누면서 느낀 것은 감탄이었다.

소드 마스터답게 공격과 방어의 초식에 빈틈이 없었다.

'후후후.'

일일이 공격을 다 막아내고 장난스레 검을 찔러 가자 분노를 느끼는 듯, 점점 검에 강도가 강해지더니 어느새 파란 검기를 뿜어내고 있었다.

타다당!

검기가 뿜어지자 더욱 격해진 결투.

방 안에 파란 검기들이 어지럽게 뿌려지며 청광이 번뜩였다.

"이이이이!"

검기까지 뿌리면서도 이득을 보지 못하자 분에 찬 음성이 철가면 사이로 흘러나왔다.

위이잉—

그리고 이내 생사를 도외시하려는 듯, 푸른 검강이 검에서 뿌려지고 있었다.

'건방진!'

라이돈 공작이 있기에 어느 정도 예의를 차렸건만, 이것은 도를 넘는 행위였다.

단단히 매운 맛을 보여주어야 할 것 같았다.

—마스터, 묻어야 할 것 같은데요?

“죽엇!”

파란 검강이 생명을 노리고 날아드는 것이 마음에 안 드는 듯 묵호가 문자고 하였다.

자기가 문혀봐서 아는 그 고통을 이름도 모르는 철가면의 여인도 느끼게 해주고 싶은 것 같았다.

“후후후…….”

좁은 방에서 완벽한 방위를 점하고 찔러오는 검강.

낮은 웃음을 흘날리며 이화접목의 수를 펼쳤다.

타다당!

“헉!”

퍼벅!

무섭게 찔러오던 검이 갑자기 내 검에 맞고 어이없이 방향을 틀며 테이블을 갈라 버리자 헉, 하는 신음을 흘리는 철가면의 여인.

기본기는 탄탄한지 테이블을 가르는 검을 다시 빠르게 들고 다리를 베어왔다.

“검의 무서움을 모르는군.”

충분히 내가 봐줬음을 알고도 검을 날려오는 여인.

위이잉—

내공을 머금은 묵룡이 잔떨림을 전해왔다.

그리고 빛의 속도로 공간과 공간을 점하고 사라지는 묵룡의 검신.

“그만!”

귓가로 라이돈 공작이 놀라 소리치는 그만이라는 소리가 들려왔다.

그러나 이미 묵룡은 날아오는 검을 강하게 쳐냄과 동시에 철가면 여인의 얼굴을 베어갔다.

차앙~!

묵룡에 깃든 강력한 내공에 여인의 검이 맑은 소리를 울리며 방구석
으로 날아가고, 얼굴을 가리고 있던 철가면이 완벽하게 통제된 묵룡의
검신에 예리하게 베어졌다.

따당!

차라락.

"아······."

시간이 멈춘 듯 묵룡의 검신이 여인의 철가면을 베어버리고 가슴 부
분에 멈춰 서 있었고, 그 순간 검풍에 철가면의 끈에 묶여져 있던 여인
의 검은 흑발이 차라락거리며 허공에 날렸다.

그리고 드러나는 여인의 얼굴.

또 하나의 충격이 밀려들어 왔다.

―마, 마스터, 독입니다! 독!

한 송이 차가운 겨울 매화가 이곳에 피어 있었다.

놀라움과 분노, 그리고 여러 가지 복잡한 눈빛을 담고 있는 커다란
연한 갈색 눈을 가진 여인의 눈빛.

거기에 오만한 자존심을 나타내는 오똑한 콧날과 그동안 가면에 가
려 햇볕을 한 번도 쬐지 못한 여인의 창백한 피부.

마지막으로 지그시 깨문 붉은 입술.

차가운 겨울의 얼음과 같은 아름다움을 간직한 여인이 철가면을 가
르고 세상에 나타난 것이다.

"졌습니다, 카온 후작님."

"자네, 정말 대단하군. 소문이 과장되었다 생각하였건만, 소문이 모

자란 것 같네."

여인의 차가우면서도 맑은 음성 뒤에 라이돈 공작의 놀랍다는 칭찬.

가볍게 고개를 숙여 예를 표하였다.

"레이디의 검술의 조예가 상당하였습니다."

"감사합니다. 그러나 후작님에 비하면 아무것도 아닌 것 같군요."

'흑발의 여인이라……'

대륙에 와서 이렇게 진한 흑발을 보는 것은 처음이었다.

목소리 또한 찰랑거리는 흑발을 닮은 듯 맑았다.

"하하, 내 딸의 철가면을 벗기는 남자가 있을 것이라고는 생각도 못했네. 소개하지, 내 딸인 레시안이라네."

"정식으로 인사드립니다. 레시안 폰 자인입니다."

"카온 드 아슈한, 아름다우신 레이디를 만나 영광입니다."

귀족가의 예로 정중하게 인사를 해오는 레시안.

기사의 예에 맞게 마주 인사를 하였다.

'카온… 이 사람이 바람의 카온이던가.'

어느 때인지 정확히는 모르지만 대륙에 소리 소문도 없이 알려진 바람의 카온이라는 이름.

평범한 로브를 입고 있었지만, 보석은 진흙 속에서도 빛난다 하였던가.

풍겨 나오는 기사의 강렬한 기운과 소드 마스터만이 가질 수 있는 넉넉한 여유가 느껴져 왔다.

더군다나 흑발.

레시안보다 더하면 더했지, 모자라지 않는 투명한 흑발.

묘한 동질감이 레시안의 마음을 훑고 지나갔다.

'내 철가면을 벗겨주었어… 저 사람이.'

철가면을 쓰던 날 사랑의 신인 에르텔론님께 맹세하였다.

이 철가면을 벗겨주는 이를 신께서 점지해 주신 운명의 주인으로 섬기겠다고, 그리고 지금 그녀의 철가면이 바닥에 차갑게 뒹굴고 있었다.

'이제부터 당신은 내 운명의 주인이십니다.'

무가의 여인, 그것도 소드 마스터를 대대로 배출한 공작가를 이을 여인이었다.

레시안은 그렇게 운명을 받아들였다.

어느 날 갑자기 바람처럼 찾아온 카온이라는 남자를……

—마스터, 진정 신의 경지에 이르셨군요. 단 몇 마디만 나누었건만 벌써 저런 눈빛이라니…….

'응? 이런…….'

묵호의 말에 눈을 들다 연한 갈색 눈과 마주쳤다.

그 순간 연한 갈색 눈에 깃든 뜨거운 기운을 읽을 수 있었다.

묵호가 그리도 작업이라 우기는 그 눈빛이 그곳에 있었다.

"하하, 정말 왕국에 허락한 신의 복일세. 이렇게 어지러운 시기에 자네 같은 이를 보내주시다니."

"과찬이십니다."

"아니야, 내가 무크리온 국왕 폐하와 함께 이 저주스러운 병에 걸리지 않았어도 왕국은 썩은 귀족들과 제국에 넘어갔을 것이네. 그런데 자네가 나타나 극도의 위기에 처한 이 왕국을 구하였으니, 이것이 바로 신이 내리신 왕국의 복이 아니고 무엇이겠는가."

"아버님의 말씀이 맞습니다. 이 어지러운 시기에 카온 후작님과 같은 분이 나타나심은 왕국의 홍복일 것입니다."

아비인 라이돈 공작을 편들며 이제는 귀족가의 일반 여인처럼 교양 있는 목소리로 차분히 말을 전해오는 레시안.

'이들의 가슴속에는 아직 왕국이 살아 있구나.'

이들의 말속에 깃든 진심이 느껴지며 마음이 놓였다.

두 사람의 소드 마스터가 더해진 왕국의 전력이라면 능히 제국의 공격을 막아낼 수 있을 것이었다.

"공작 각하, 아직 기사의 검은 녹슬지 않으셨습니까?"

"자네, 기사의 검이 녹스는 것을 보았는가? 진정한 기사의 검은 죽기 전까지 절대 녹슬지 않는다네. 다만 전장에서 주군을 위하여 부러질지언정."

"감사합니다."

"하하, 뭐가 감사하다는 건가? 나야말로 카온 후작에게 감사할 뿐이네. 이 볼 것 없는 왕국을 위하여 기사의 검을 들어준 자네가 말이야."

"각하!"

사나이 대 사나이로 느껴지는 가슴의 언어들.

지금 이 순간 공작과 나는 검의 명예를 아는 기사였다, 자기가 섬기는 주군을 위하여 기사의 검을 드는.

"호호, 저도 기사입니다. 저도 왕국을 위하여 검을 들겠습니다."

아비와 나의 대화에 웃음을 지으며 기사의 검을 들겠다는 레시안.

―마스터! 전 검이 없습니다. 그저 이 몸뚱이로 마스터께 충성할 뿐입니다.

그리고 어디서든 빠지지 않는 묵호.

언젠 한 번 더 깊숙이 묻어주어야 할 것 같은 예감이 들었다.

'아드리안느, 그대의 기사들이 아직도 남아 있소. 기다리시오. 그대의 기사들의 충정이 위기에 처한 왕국을 구할 것이오.'

세 사람의 눈길이 서로를 바라보았고, 얼굴에는 미소가 깃들었다.

파오니아 왕국의 무한한 영광과 내 여인의 행복을 기원하며 그렇게 기사의 검은 뭉쳤다.

'다행이었어. 소드 마스터였기에 망정이지, 아니었다면 손쓸 틈이 없었겠지.'

라이돈 공작에게 걸린 악신의 기운을 규화대보록의 진기법을 운용하여 빨아들였다.

그동안 안토니안 왕자의 악신의 기운을 흡수하였기에 단시간이지만 빠르게 흡수할 수 있었다.

그리고 묵룡의 도움도 한몫하였다.

규화대보록의 진기법을 운용하여 공작의 악신의 기운을 흡수할 때, 갑자기 허리에 매어 있던 묵룡이 자기가 간직한 알 수 없는 기운으로 저항하던 악신의 기운을 제압해 버렸다.

그렇기에 수월하게 악신의 기운을 몸으로 흡수할 수 있었고, 공작은 몸을 회복할 수 있었다.

몇 년 동안 고생하던 것들이 일순간에 해결되자 황당한 눈빛을 보내는 공작과 레시안, 그들의 눈에서 나에 대한 믿음이 더욱 강해졌음을 알 수 있었다.

"일단 왕국에 예상지 못한 두 명의 소드 마스터가 더 충원이 되었군. 얼마 후면 비록 초급이지만 샬로만 자작도 성과가 있을 것이니, 그럼 소드 마스터가 셋인가?"

아직 적들에게 라이돈 공작의 회복을 알릴 필요가 없었다. 더군다나 라이돈 공작도 자기 딸을 소드 마스터로 만들기 위하여 검을 든 어린 나이 때부터 철가면을 씌워서 키웠다고 한다.

거기에다 언젠가 제국과 귀족들이 왕국을 노릴 것이라 판단하여 딸을 소드 마스터로 만들고, 소울 가드 기사단도 왕국에서 제일가는 백여 명을 육성하여 놓았다.

물론 마나를 다루는 기사들도 백여 명이 넘었다.

즉, 소울 가드만 제공되면 소울 가드 기사들로 탈바꿈할 수 있는 기사들이 공작가에는 충분히 있다는 것이었다.

"정예 군단으로 적을 격파한다."

프리 나이트 기사학교에서 배운 전술과 무당파에서 배웠던 병법을 아울러 나만의 전략을 세워 나갔다.

그 일차 방법으로 정예 고수들과 정예 기사단을 육성하는 것이었다.

가장 어려운 방법이자 가장 효과적인 방법인 정예군의 육성.

그러기 위해서는 마나를 다룰 줄 아는 기사들과 그들을 지원할 수 있는 소울 가드 및 재력이 절대적으로 필요하였다.

다행스럽게 귀족들의 저택을 압수하여 어느 정도의 재정이 확보되었고, 아리안의 도움으로 나머지 재정적인 문제도 해결이 되었다.

그리고 라이돈 공작같이 아직도 왕국을 위하여 검을 들어줄 기사들이 있기에 정예 기사들도 어느 정도 해결되었다.

이제 그런 기사들을 모두 소울 가드 기사들로 탈바꿈시키는 일만 남았다.

"지금 왕실을 보호하는 근위기사단 백여 명이 소울 가드 기사단이 되었다. 또 공작가에 백여 명, 그리고 나머지 곳곳에 흩어진 왕당파 귀족들에게 백여 기 이상이 있겠지. 그럼 총 삼백여 기에다가 사이몬 상단에서 소울 가드가 지속적으로 공급이 되면, 마나를 다루는 자들에게 지급하여 최소 오백여 명의 소울 가드 기사들을 육성해야 한다."

공작의 성에서 돌아와 단장실에 앉아 왕국의 전력을 분석하기 시작하였다.

처음 이곳 왕성에 왔을 당시에는 소울 가드 기사단은 근위기사단 오십여 명과 급료도 지불 받지 못한 이천여 국왕군이 전부였다.

가히 일개 백작 영지만한 군사력을 소유하던 왕실이 이제야 제 모습을 찾아가고 있었다.

기사단을 제외하고도 파격적인 급료 인상에 과거 병사들이었던 자들과 용병들이 국왕군에 지원하였다.

그리하여 지금에 와서는 오천여 명으로 늘어난 국왕군.

오만에 이른다는 헬렌 후작가의 군사들과는 수적 차이가 있겠지만, 일당백의 정예군으로 만들면 그만이었다.

"후후, 헬렌 후작, 기대하겠소, 나를 막을 수 있을지."

마음 같아서는 지금 당장 후작가로 날아가 나 홀로 모든 것을 해결하고 싶었다.

그러나 곳곳에 흩어져 있는 썩어빠진 귀족들을 역모죄로 다스려 일거에 제거할 기회를 잡는 동시에, 혹시라도 빈틈을 노려 올지 모르는 제국군을 방비해야 했다.

"문제는 제국이군……."

분명히 나의 실력을 어느 정도 파악했을 아달톤 제국.

거기에다가 나를 죽이기 위하여 혈안이 되었을 제이니스 제국이 문제였다.

짧은 시간 동안 거대한 두 제국과 적이 되어버린 것이 우스웠지만, 이것도 내가 만든 운명.

겸허히 받아들이고 나아가면 그뿐이었다.

삶을 멈추지 않는 자는 결코 좌절하거나 두려워하지 않는 것이기에.

스윽.

어느새 밤이 깊어가는 시간.

자리에서 일어나 공주에게로 향하였다.

이제 얼마 후면 라이돈 공작이 완전히 완쾌될 것이고, 그때는 나를 대신하여 항시 왕실을 보호할 레시안이 이곳으로 올 것이다.

샬로만 자작과 함께 왕실을 든든히 보호할 소드 마스터가 말이다.

"마법사도 부족하군……."

이 대륙의 전쟁은 기사단과 병사들도 중요한 병력이었지만, 마법사와 정령사 같은 이들도 중요한 위치를 점하고 있었다.

마법사의 마법이나 정령사의 정령에 의하여 병사들의 사기가 크게 좌우되기에.

저벅저벅.

공주의 방으로 향하는 길.

머리 속에는 아드리안느 공주를 위한 수많은 생각들이 교차하였다.
　이 순간도 오늘을 살고 있기에 결코 멈출 수 없었다.
　휴식은 오직 눈을 감을 때 찾아오는 것이기에…….

제62장

예정된 반란

"**하**하, 어서 오시오. 기다리고 있었소이다."

꾸벅.

후작의 환대에 고개를 살짝 숙이는 검은색 기사용 망토와 마법사 로브, 그리고 정령사 로브를 입은 삼 인.

'감히 이놈들이!'

헬렌 후작은 방으로 들어오는 삼 인의 인물에게 웃음을 터뜨리며 환대를 하였건만, 그들의 무시에 속이 뒤틀렸다.

그러나 오랫동안 정계에 몸담아온 후작답게 아무렇지 않는 표정을 지었다.

"이렇게 엥겔의 사신단을 보게 되어 영광으로 생각하오이다. 앞으로 잘 부탁드리오."

'지옥의 사신단이라더니 그 말이 맞군.'

헬렌 후작도 나름대로 검을 다루는 자. 그러나 엥겔의 사신단이 뿜어내는 지독한 어둠의 마나에 숨이 막힐 지경이었다.

"언제 출병할 것이오? 우리는 준비되었소."

"감히! 각하께!"

아무 문양도 없는 온통 새카만 기사용 망토를 두른 검의 사신 엘루스의 무엄한 말투에 후작가의 기사가 발끈하였다.

"죽고 싶으면 입을 더 열라."

허리까지 제멋대로 흩날리는 회색의 머리칼을 가진 엘루스의 무심한 눈길과 무심한 말투.

"……."

후작가의 기사는 그 순간 온몸에 느껴지는 무형의 압력과 공포스러운 기운에 주춤거리며 뒤로 물러섰다.

마나를 다루는 기사로서는 있을 수 없는 일.

그러나 지금 눈앞에 있는 이들은 엥겔의 사신단.

설사 드래곤이 오더라도 죽음을 겁내지 않는 지옥의 집행관들이었다.

"호호, 오랜만에 나왔더니 이런 일도 있군요. 호호호, 호호."

정령사의 로브를 걸치고, 퇴색한 황금 빛깔의 머리칼을 가진 여인이 권태로운 얼굴에 어울리지 않는 웃음을 터뜨렸다.

일반적인 정령사의 복장과는 다르게 검은 로브를 걸친 여인. 이 여인이 바로 정령의 사신 투다르였다.

"호호호, 감히 일개 공국의 후작가의 기사가 우리에게 무례를 논하다니. 이것이야말로 무례가 아니던가!"

검은색 마법사 로브를 걸치고, 손에는 해골 모양의 수정구를 들고 있는 마법사.

대륙에서 유일하게 공식적으로 흑마법사임을 공표하고 다니는 7써클 마법사 다킨즈.

로브 속에 감추어져 전체적인 얼굴은 보이지도 않았고, 단지 보이는 창백한 턱 선과 파리한 입술이 깡마른 체격과 어울리며 주위에 음산한 분위기를 뿌렸다.

더군다나 조용한 웃음 속에서 드러나는 긴 송곳니가 유난히 반짝였다.

'위험하다!'

순간 헬렌 후작은 사태가 심각하다는 것을 깨달았다.

이들이 왜 엥겔의 사신단이라 불리며 각 제국과 왕국에서도 이들의 무례한 행동을 용서하는지 불현듯 떠올랐다.

분명 이들 삼 인이 마음만 먹는다면 능히 일개 왕국의 수도를 피바다로 만들 수 있으며, 죽기로 각오한다면 왕실과 자폭할 수 있는 자들이라는 것을.

과거 이십 년 전, 이들의 행동을 꾸짖던 메켈란 왕국의 백작가가 하룻밤 만에 초토화되었다는 것을 상기한 헬렌 후작.

급히 웃음을 지으며 사태를 진정시켜 나갔다.

"하하, 론스온 공작 각하와 제 이름을 보아서라도 기사의 무례를 용서하여 주시오. 제가 이렇게 사죄드리리다."

여태껏 보인 적이 없는 파격적인 헬렌 후작의 사과.

그제야 삼 인의 몸에서 뿜어지던 살기가 누그러졌다.

"후작, 앞으로 같이 일을 행하더라도 우리 일에는 관여하지 말아주시오. 엥겔의 사신단이 원하는 것은 카온이라는 자. 그 이외의 일에는 우리를 귀찮게 하지 마시오."

무심하면서도 느릿한 검의 사신 엘루스의 충고.

'빌어먹을 새끼들……. 감히 후작인 나를!'

후작 뒤의 존칭을 모두 빼어버리는 엄청난 무례에 속으로 부글거리는 화를 참으며 헬렌 후작은 어색한 미소를 지었다.

지금은 저들의 힘이 절대적으로 필요하였고, 괜히 감정의 불씨를 만들고 싶은 마음은 없었다.

엥겔의 사신단을 직접 대하고 보니 감히 그들을 적으로 삼고 싶은 마음은 눈곱만치도 없었다.

"아, 알겠소이다. 출병은 앞으로 삼 일 후이니 그때까지 숙소에 가서 쉬시구려."

빨리 이들을 내보내고 싶은 헬렌 후작.

끝까지 건방지게 인사 한마디 없이 후작의 집무실을 나가는 엥겔의 사신단.

'흐흐, 그래, 너희들이 건방져도 용서하겠다. 단! 카온이라는 놈의 목을 반드시 베거라!'

귀족, 그것도 후작가의 자존심을 버리면서까지 얻고 싶은 욕망. 이 정도 수모야 다가올 영광에 비하면 아무것도 아니었다.

"각 귀족들에게 재촉하여 내일까지 후작가로 이동하라 명하라!"

"명!"

벌써 각자의 영지를 떠나 왕도와 가까운 후작지로 향해 오는 귀족파의 귀족들과 병사들.

이제 쏘아진 화살은 돌이킬 수 없었다.

왕국의 역적이 되느냐, 제국의 충신이 되느냐란 운명의 갈림길에서.

"단장님! 헬렌 후작지를 향하여 귀족들과 병사들이 모여들고 있다는 소식입니다."

얼굴이 벌겋게 상기되어 단장실로 들어온 샬로만 자작의 급박한 목소리.

이미 예상한 일이지만 왕국을 수호해야 할 귀족들이 막상 행동으로 옮기자 분노한 것 같았다.

"부단장, 이미 예상한 일이 아니던가? 자네가 할 일은 전쟁이 벌어지면 왕실을 보호하는 것. 검이 있고, 충성스러운 용기가 있는데 무엇이 문제이겠는가."

"충! 단장님의 말씀 명심하겠습니다."

느긋한 나의 충고에 어느새 평상시의 모습으로 돌아온 샬로만 자작. 소드 마스터에 근접하였기에 심리적 동요에 빠른 대처를 보였다.

"우리가 예상하였던 대로 반란군의 소울 가드 기사들은 삼백여 명, 거기에 일반 기사단이 이천에 병사들이 오만 정도. 또한 마법사들도 이십여 명은 되겠지. 많은 병력이지만, 지금의 근위기사단과 국왕군의 사기라면 능히 저들을 물리칠 수 있을 것이네. 문제는 반란군이 아니라 나를 상대하러 오는 자들이네."

─마스터, 뭐가 문제입니까? 지금 인간들 중에서 마스터를 상대할 수 있는 마나의 소유자가 누가 있겠습니까? 거기다 마스터는 특기가 있잖습니까. 그대로 행하시면 됩니다.

'특기?

─마스터! 여인들에게 눈빛으로 하는 그 작업 말고, 매정하게 저를

암흑의 구렁텅이로 밀어 넣으셨던 그 특기가 있잖습니까. 깊이깊이 파묻기라는…….

'……'

아직도 그때의 한을 간직한 쪼잔한 묵호.

자기의 잘못은 생각 안 하고 나의 매정함만 탓하였다.

"아마도 제국에서 지원하지 않을까 하는 생각이 듭니다. 후작가를 비롯한 반란군에는 단장님과 검을 겨눌 기사가 전무한 실정이니 말입니다."

말과 함께 존경의 눈빛을 팍팍 보내는 샬로만 부단장.

'무언가 대책이 있겠지. 나를 상대할…….'

부단장의 말대로 나를 상대하기 위하여 제국에서 수를 썼으리라.

"부단장, 라이돈 공작가에 통신을 보내시오. 기사를 내일까지 보내 달라고."

"네? 알겠습니다."

갑작스러운 지시에 의문을 표하다 충성스럽게 대답하는 샬로만 부단장.

아직까지 그 누구에게도 말하지 않았다.

레시안은 왕실을 수호할 비밀 기사였기에.

"그리고 기사단과 병사들은 언제나 출병할 수 있도록 비상 대기하도록 하시오."

"충!"

'이제 시작인가…….'

분명히 헬렌 후작의 움직임과 동시에 아달톤 제국에서도 움직일 것이다.

이런 호기를 놓칠 제국 놈들이 아니었기에.

"각하! 공국의 귀족들이 움직이고 있다 하옵니다."

"그래? 하하, 이제 시작이군."

'흐흐, 바보 같은 놈들.'

론스온 공작은 루이스 백작의 보고에 만족한 웃음을 지었다.

"어떻게 하시겠사옵니까?"

"어떻게 하기는, 계획한 바대로 황제 폐하의 윤허를 받아 귀족군과 국왕군이 치열하게 교전할 때 왕실을 점령해야지. 카온이라는 놈만 없다면 변변한 기사조차 없는 공국 놈들이니, 이번 기회에 아주 쓸어버려야지."

"좋은 계책이시옵니다."

'카온! 네놈은 반드시 내 손으로 찢어 죽이리라!'

론스온 공작은 자기의 명성을 땅에 떨어뜨린 카온이라는 자를 생각하며 이를 갈았다.

"각하, 은검의 기사단도 대기시킬까요?"

"아니, 그럴 필요까지야 없지. 소드 마스터가 둘에 7써클 마법사까지 포함된 황실 특수 기사단이면, 능히 공국 왕실의 씨를 말릴 것이야. 흐흐흐."

분명 엥겔의 사신단이 카온이라는 자의 발목을 붙잡고, 잘하면 죽이거나 최소 중상을 입힐 것이다.

그렇게 된다면 공국의 왕실을 깨끗이 정리해 버리고 황실 특수 기사단만으로도 카온이라는 놈을 처치할 수 있을 것이다.

공작가 기사단의 손해를 보지 않고서도 말이다.

"황제 폐하를 알현할 것이니 준비하시게!"

"네, 알겠습니다!"

'카온, 이놈……. 흐흐흐, 네놈은 이제 죽었다.'

"자작님, 왕궁에서 연락이 왔습니다."

"드디어 때가 된 것인가?"

하이든 자작은 마법사 로안나의 보고에 눈을 감았다.

드디어 왕명이 떨어졌고, 자작가의 운명을 걸고 이웃 영지를 침범해야 하는 순간이 온 것이다.

"내일 아침 해가 뜨는 즉시 이웃한 브라인 백작의 영지를 점령하라는 내용입니다."

마법사치고는 젊고 아름다운 로안나의 이어지는 보고.

"명령대로 행하겠다고 보고해 주시오."

"알겠습니다."

"휴랙스 경, 기사들과 병사들을 준비시켜 주시오. 드디어 검을 뽑을 때가 왔소!"

"알겠습니다, 자작님."

기사로서 드디어 명예의 검을 뽑을 때가 왔음에 하이든 자작을 비롯한 기사들의 눈에서 맹렬한 빛이 솟아올랐다.

'호오, 카온이 그 카온이란 말이지…….'

다만 마법사 로안나만이 호기심이 반짝이는 눈을 반짝였다.

어디 가서 크게 한 건 할 인물일 줄은 알았지만 이리 대박을 칠 줄을 몰랐다.

'호호호, 나를 잊어버리지는 않았겠지?

과거 소울 가드도 착용할 줄 모르던 어리바리한 촌놈.

그가 왕국의 후작이 되어 나타난 것이다.

사 년이 지나 5써클 마스터에 오른 로안나가 잊지 않고 있을 정도로 잘생긴 얼굴과 분위기를 가진 그자가.

"지금 무엇이라고 하셨소?"

"폐하, 제이니스 제국군이 파오니아 공국으로 가고자 하오니 뱃길을 열어달라는 위대한 다이크날 황제 폐하의 황명이시옵니다."

"음……."

대륙의 왕국들 중에서 공국을 제외하고 가장 힘이 없는 다크라임 해상왕국.

지금 왕국의 궁전에는 갑자기 찾아온 제이니스 제국의 특사인 카날단 백작이 오만하게 황명을 전하고 있었다.

이런 조그만 왕국에 제국의 백작이자 외무 대신인 카날단 백작 본인이 왔음을 감사하게 생각하라는 듯, 신임 국왕 앞에서 한껏 목을 빼고 있었다.

"아무리 제이니스 제국이라지만, 타국과의 전쟁을 위해 본 왕국의 생명줄인 바닷길을 열어달라 함은 너무 과한 것이 아니오?"

일 년 전에 갑자기 급사한 전임 국왕을 대신하여 새로운 왕에 오른 다크라임 신임 국왕.

기사 작위를 받고자 프리 나이트 기사학교를 졸업한 신임 국왕은 거대한 체격답게 강직한 음성을 흘렸다.

"아무리 생명줄이라도 본 제국에서 제공하는 밀이 없다면 다크라임 왕국은 몇 달도 버텨내지 못할 것인데……. 어떤 것이 현명한 방법인지 잘 생각해 보시지요, 다크라임 국왕 전하. 흐흐흐."

감히 국왕 앞에서 음흉한 미소를 흘리는 자.

다크라임의 귀족들과 기사들은 분노의 눈으로 카날단 백작을 노려보았다.

바닷길을 열어달라 함은 지금까지 다크라임 해상왕국이 버틸 수 있는 힘의 원동력을 달라는 말과 같았다.

남대륙과 북대륙을 잇는 험난하고 위험한 해상 길을 수많은 선조들의 죽음으로 개척하였건만, 지금 제이니스 제국이 그 길을 달라 하고 있었다.

명분이야 제국의 커다란 해를 가한 카온이라는 자를 잡기 위해 파오니아 공국으로 가는 길을 열어달라는 것이지만, 근본적으로는 눈엣가시 같은 다크라임 왕국을 노리고 있음을 모두 알고 있었다.

북대륙과 남대륙을 연결할 수 있는 최단 기간의 거리에 위치한 몰튼 섬에 드래곤의 레어와 해수 마물들이 많기에 다크라임 왕국의 해상로를 열어달라는 것이었다.

지금까지 다크라임 왕국이 펼쳤던 중계 무역의 이점을 노리고서.

'아! 친구여……. 왜 이리 적이 많던가! 내 너를 위하여 아무것도 할 수 없음이 안타까울 뿐이다.'

제국 사신의 오만한 웃음에 속이 끓어올랐지만, 더욱 안타까운 것은 친구에 대한 염려.

어차피 가진 것도 없는 왕국이었기에 이래도 그만 저래도 그만이었다.

그러나 친구를 죽이러 가기 위해 길을 열어달라는 제국의 부탁은 양심과 우정이 허락하지 않았다.

"생각할 시간을 주시오. 이 일은 본인 혼자 허락할 문제가 아니니 말이오."

"하하, 그래야지요. 하지만 빠른 결정을 내려주시기 바랍니다. 이미 제국에서는 병선과 병사들이 기다리고 있사오니 말입니다."

'카온, 이 친구야……'

거대한 체구에 남자다운 얼굴을 하고 괴로워하는 다크라임 해상왕국의 새로운 국왕.

그는 투안트 칸 다크라임 5세이자 프리 나이트 기사 투안이라는 이름을 가진 자였다.

"단장님! 후작가에서 반란군의 병력이 출병하였다는 보고입니다."

"모든 준비는 다 되었는가?"

"단장님이 지시한 바대로 기사단과 병사들의 출병 준비는 완벽하게 끝났습니다. 명만 내려주시옵소서!"

"알겠네. 모두 대기하도록 하게."

"충!"

뜨거운 대답을 하고 사라지는 샬로만 부단장.

아무리 병력이 열세라지만 왕도에서 수성전을 벌일 수는 없었다.

'뜨거운 맛을 보여주지.'

"제가 할 일은 무엇인지요?"

부단장이 나가자 중성의 목소리가 조용히 들려왔다.

"레시안, 그대는 내가 없는 동안 왕실을 보호해 주십시오. 그대의 충성스러운 검으로 이 왕실을 수호해 주시기를."

"왕국의 기사로서 당연히 해야 할 일. 목숨을 다하여 수호하겠습니다."

조용히 서 있던 레시안, 그녀의 얼굴에는 어느새 다시 철가면이 둘러져 있었다.

'헬리언 급 소울 가드군. 공작의 소울 가드인가?

허리에 둘러진 소울 가드는 분명 헬리언 급. 이 왕국에 헬리언 급 소울 가드를 소유한 자는 라이돈 공작과 샬로만 자작밖에 없었다.

"혹시 내가 출병한 후에 적들이 기습하여 힘이 부치거든 반드시 저를 불러야 합니다."

"알겠습니다. 각하의 명대로 하지요."

ㅡ으으, 마스터. 여인들이란 어찌 저리 이중적인지요. 아름다운 목소리를 놔두고 저런 가식적인 목소리라니.

묵호의 말처럼 레시안의 목소리는 잘 적응이 되지 않았다.

저 철가면 뒤에 천하의 아름다움을 간직한 미모와 부드러운 목소리를 가졌건만, 시대가 그녀를 이렇게 만들었을 것이다.

"그럼 부탁하겠습니다."

고개를 숙여 예로써 부탁하였다.

이곳에서 믿을 수 있는 기사는 오직 그녀뿐이었거니와, 여인임을 알고도 명령을 내리고 싶지는 않았다.

"별말씀을요."

"아! 그리고 직속으로 근위기사단 십여 명을 배속하겠습니다."

"알겠습니다. 공작가의 흑사자 기사단 이십여 명이 저와 함께 와 있으니 그들과 함께 왕실을 수호하겠습니다."

철가면 사이로 보이는 갈색의 눈동자.

나의 눈과 마주치고도 한 점 떨림도 없었다.

'기사로서 믿음직스럽군.'

어지간한 기사들보다 믿음직스러운 레시안.

믿음의 눈으로 한 번 더 바라보고 자리에서 일어났다.

아드리안느 공주에게 출병을 보고해야 했다.

"공주님, 카온 후작께서 오셨습니다."

"들어오시라 하여라."

국왕의 집무실에서 왕실의 정무를 처리하는 아드리안느.

근위기사들의 예를 받으며 안으로 들어섰다.

"어서 오세요, 카온 후작님."

"공주 마마를 뵙습니다."

국왕을 대리하는 공주이건만 결코 반어를 사용하지 않는 아드리안느 공주.

말 한마디에도 그 마음씀씀이가 느껴졌다.

"이제 때가 되었나요?"

"그렇습니다. 파오니아 왕국의 이름을 다시 세상에 알릴 때가 왔습니다."

빛이 쏟아져 들어오는 창가에 자리한 국왕의 집무실.

수많은 세월 동안 내려온 왕가답게 집무실의 물건들은 세월의 흔적을 담아 고풍스러웠다.

그리고 고풍스러운 가구들과 들어오는 햇빛 사이로 그림처럼 서 있는 아름다운 여인 아드리안느.

그녀는 일어서서 창밖을 바라보고 있었다.

‘작은 여인······.’

결코 작은 키는 아니건만 오늘따라 더욱 작아 보이는 여인.

어깨에 자리잡은 왕국의 공주로서의 무게가 가슴으로 느껴져 왔다.

─마스터, 독을 품은 꽃이 아름답다더니 그 말이 사실인 것 같습니다. 아름답군요.

웬만해서는 여인을 아름답다고 표현하지 않는 묵호. 비록 독을 품은 꽃이라 표현했지만 머리에 울리는 감정은 내가 느끼는 감정과 다르지 않으리라.

“위험한 길인데······. 그저 미안할 따름이에요.”

무엇이 미안하다는 것인가.

가슴 절절이 느껴지는 아드리안느 공주의 걱정스러움과 미안한 마음.

“무엇이 위험하고, 무엇이 미안하다는 것입니까? 제 마음은 이리 행복한데 말입니다.”

내가 수호하는 여인을 위하여 검을 들 수 있다는 것.

기사의 의무를 떠나 내가 바라던 꿈이었다.

“저는······.”

말을 끊으며 창가에서 등을 돌려 나를 바라보는 아드리안느.

어느새 그녀의 눈은 촉촉한 빛으로 젖어 있었다.

“나의····· 기사를 믿습니다.”

‘아드리안느······.’

더 이상 무슨 말이 필요하겠는가.

사박사박.

조용히 양탄자를 밟으며 다가오는 아드리안느.

스윽.

갑자기 눈앞에까지 다가오더니 허리를 숙이며 내 허리에 매인 묵룡을 잡아갔다.

"헉! 공주님!"

묵룡이 어떤 검이던가.

함부로 다른 이가 잡으며 그 감당할 수 없는 기에 죽임을 당하는 검.

코를 적셔오는 아드리안느의 향기에 취해 잠시 마음을 놓다가 황급히 공주의 손을 잡아챘다.

그러나 이미 아드리안느의 손은 묵룡을 잡고 있었다.

'아, 아무 일도 없다니!'

분명 지금쯤이면 아드리안느는 묵룡의 기운에 생사를 헤매야 정상이건만 아무렇지도 않게 검을 잡고 있었다.

"전장으로 떠나는 기사에게 레이디가 해줄 수 있는 것은 마음을 담은 징표뿐이랍니다. 부디 승리하여 돌아오십시오."

어느새 묵룡의 손잡이에 아드리안느의 하얀 손수건이 묶여져 있었다.

"아, 아드리안느……."

손에 잡힌 느낌이 너무나 부드러워 뼈조차도 없을 것 같은 느낌의 아드리아의 손.

손수건을 묶느라 허리를 숙여 무릎을 꿇다시피 한 그녀를 일으켜 세웠다.

와락.

무슨 말이 더 필요하겠는가.

가슴 깊이 그녀를 묻었다.

"아……."

귓가로 울리는 아드리안느의 가는 비음.

그녀가 만들어준 기사용 망토를 그녀의 몸에 두르며 가는 허리를 힘껏 안았다.

"부, 부디 무사하세요. 이제 당신 없이는…… 저는 아무것도 아니랍니다."

수줍은 아드리안느의 고백.

"나도 그러하오……. 그대 역시 나의 의미요."

익숙한 그녀의 향기가 곱게 빗은 머리칼을 통하여 내 코를 간질였다.

이 가슴 충만한 행복한 감정.

그 무엇과도 바꿀 수 없는 진정한 기쁨이었다.

"공주 마마, 안토니안 왕자님이 납시었습니다."

덜컹.

근위기사의 말이 끝나기가 무섭게 문이 열렸다.

"어멋!"

"큼!"

묵호가 초를 치지 않으니 이번에는 안토니안이 초를 쳤다.

"헤헤, 난 아무것도 안 봤어요."

방으로 들어서 눈을 두 손으로 가리며 아무것도 못 보았다고 말하는 안토니안.

"왕자님, 소신이 내린 일들은 다 처리했는지요?"

"그럼요~! 누구의 명이라고요."

장난스레 얼굴에 웃음을 지으며 빤히 공주와 나를 바라보는 안토니안.

갑자기 잔인한 생각이 머리를 스쳤다.

―마스터, 저놈도 어지간히 눈치가 없네요. 마스터가 작업할 때 건들면 묻히는데, 히히히.

'컥……'

안토니안에 이어 염장을 지르는 묵호.

"왕자님, 그러시다면 다음 단계로 넘어가야지요. 기사의 길은 험난한 것. 결코 쉬면 아니 되옵니다."

"아, 알겠습니다."

무언가 심상치 않은 기운을 느꼈는지 말을 더듬는 안토니안.

"호호, 안토니안, 몸이 상당히 건강해졌구나. 그렇다면 카온 후작님의 말처럼 더욱 강한 훈련을 받아도 되겠구나."

여인의 마음은 흔들리는 갈대라 했던가.

어제까지만 해도 동생을 걱정하던 공주의 모습은 사라지고, 나보다 더욱 심한 무언가를 노리고 있었다.

'조심해야겠군.'

아드리안느의 몸에서 뿜어지는 강렬한 기운.

앞으로 무언가 조심해야 할 것 같은 기분이 확 머리를 스쳐 지나갔다.

"누, 누님… 그것이……"

갑자기 아드리안느까지 나서자 얼굴이 사색이 된 안토니안.

사랑을 방해하는 자는 천하제일 적이라는 것을 아직 모르는 것이 죄일 뿐이었다.

제63장

전장으로

"**충**성스러운 파오니아 왕국의 신하들이여! 간악한 반란군에게 국왕 폐하의 위엄을 보여주기를, 나 파오니아 왕국의 공주 아드리안느 칸 파오니아의 이름으로 기원하는 바입니다."

"와아아아! 파오니아 왕국 만세!"

"아드리안느 공주 만세!"

"반란군을 물리치자!"

왕실의 거대한 대연병장.

출정을 나가는 기사들과 병사들이 도열하여 공주의 승전 격려사를 들으며 환호성을 질렀다.

"카온 드 아슈한 후작은 앞으로 나오세요."

"공주님의 명을 받드옵니다."

모든 기사들과 병사들이 바라보는 가운데 공주께 기사의 예를 올렸다.

"카온 드 아슈한 후작에게 명하노니! 파오니아 왕국군 총사령관으로서 왕국에 반란을 일으킨 자들을 모두 섬멸하여 그대의 충성을 보이도록 하세요. 여기 국왕 폐하께서 하사하신 국왕기를 그 징표로 하사하는 바입니다."

"신! 반드시 적을 섬멸하여 국왕 폐하의 위엄을 만천하에 알리겠사옵니다."

척.

그리고 공주가 하사한 포효하는 푸른 사자가 그려진 국왕기를 손에 들었다.

"용맹스러운 파오니아 왕국의 병사들이여! 이 깃발 아래 맹세하노니, 내 피가 지옥의 신께 입맞춤하는 날까지 파오니아 왕국을 위하여 싸우다 죽을 것이다! 무릇 살려고 하는 자는 죽을 것이요! 죽으려는 자는 살 것이니! 모두 검을 들어 외쳐라! 파오니아 왕국 만세!! 국왕 폐하 만세!!"

차자장!

"파오니아 왕국 만세!!"

"국왕 폐하 만세!!"

"와아아아아아아! 반란군을 섬멸하자!"

"승리는 우리의 것이다!!"

퍼러럭.

국왕기에 내공을 담아 힘차게 펄럭이자 허공에 드리워진 푸른 사자를 바라보며 영광의 환호를 지르는 기사들과 병사들.

‘되었다!’

전력의 절대적인 열세에 잠시 기가 죽어 있던 일반 병사들.

분위기에 취하여 목청이 떠나가라 만세를 열창하였다.

‘역시 당신은 나의 기사이십니다.’

아드리안느 공주는 수천의 기사들과 병사들 앞에서 당당하게 왕국과 국왕을 위하여 죽겠다 맹세하는 그녀의 기사를 바라보며 눈물이 흐를 것만 같았다.

듣기로 후작가와 반란 귀족들의 군세는 국왕군의 열 배.

아무리 그가 소드 마스터라 할지라도 분명 그에 대한 대책을 세우고 올 것이 분명한 적들 앞에서 그녀의 기사는 당당하였다.

언제나 믿을 수 있는 남자.

보기만 해도 믿음이 가는 남자.

그 남자가 바로 바람의 카온, 그녀의 기사였다.

아드리안느 공주는 진실과 사랑이 가득 담긴 뜨거운 눈으로 카온을 바라보았다.

분명 승리의 깃발을 흔들며 그녀에게 승리의 영광을 바칠 그녀의 기사를.

"와아아! 반란군들을 무찌르고 오시오!"

"파오니아 왕국의 이름을 더럽히는 자들을 용서치 마시오!"

"무사히 돌아오세요!!"

척척척척!

왕도의 대로를 행진하는 기사들과 병사들을 열렬히 환호하는 왕도의 백성들.

떠나가는 기사들과 병사들 중에 자신들의 아비와 형제, 오라비들이 있기에 대로를 가득 메우고 배웅하고 있었다.

"단장님, 백성들의 가슴에는 아직도 파오니아가 살아 있습니다."

백성들의 뜨거운 환송에 가슴이 벅차 오르는지 샬로만 부단장의 표정은 뜨겁게 달아올라 있었다.

"이들을 위하여 그대들의 피가 필요한 것이오. 과거 선조들이 그랬듯이 오늘도…… 그리고 내일도."

"당연히 그래야지요. 이들이 바로 왕국의 현재이자 미래이니까요."

귀족치고는 깨어 있는 샬로만 자작.

이런 충신들이 있기에 위태위태하면서도 지금까지 파오니아 왕국이 버틸 수 있었던 것이리라.

"자, 멋지게 진군합시다! 올 때는 반란군의 소울 가드들을 모두 빼앗아 근위기사단을 확충하도록 말이오!"

"하하! 이러다 파오니아 왕실 근위기사단이 대륙에서 제일 가는 기사단이 되는 것이 아닌지 모르겠습니다."

유쾌한 웃음을 터뜨리는 샬로만 자작.

등을 돌려 잠시 떠나온 왕성을 바라보았다.

'아드리안느, 기다리시오. 승리를 그대에게 드리리다.'

떠나오는 내내 나를 바라보던 아드리안느. 그녀는 아마 지금도 멍하니 서서 보이지도 않는 내 모습을 바라보고 있을 것이다.

내가 그러는 것처럼 그녀의 마음도 그러할 것이니.

"모두 무기를 버려라! 감히 왕실을 배신하고 반란군에 가담하다니!

무기를 버리지 않는 자는 모두 반역죄로 다스리리라!"

"이, 이곳은 라이온 백작가이다. 감히 이곳이 어디라고⋯⋯."

라이온 백작의 성을 수비하는 기사는 얼굴이 하얗게 질려 목소리가 떨리고 있었다.

백작이 후작과 함께 왕도로 진격하며 두 명의 마법사를 비롯한 백작지의 병사 오천과 기사들 오십여 명을 이끌고 사라져 버렸다.

그렇기에 지금 백작지의 거대한 성을 수비하는 병력은 병사들 삼백여 명과 소울 가드도 소유하지 못한 기사들 다섯이 전부였다.

그런데 지금 성 밑에는 옆 영지의 하이든 자작이 기사들 이십여 명과 병사 이천을 끌고 와 자신들을 노려보고 있었다.

더군다나 명분은 반란군 영지의 토벌.

이곳에서 개기다 죽으면 기사의 명예고 뭐고 없었다.

"기사들은 소울 가드를 착용하라!"

화살이 미치지 못하는 곳에서 대기하고 있던 하이든 자작의 위엄찬 목소리.

"충!"

비록 세 명뿐인 소울 가드 기사들이지만 적들에게는 엄청난 공포였다. 어지간한 높이의 성은 소울 가드 기사들의 도약이면 충분히 오를 수 있었기 때문이다.

파바밧!

그리고 기다렸다는 듯이 하이든 자작을 비롯한 기사들의 몸에서 빛이 번쩍이며 노멀 급과 그레이드 급 소울 가드가 세상에 모습을 드러냈다.

"소, 소울 가드다⋯⋯."

“으으으……”

믿을 것이라고는 오직 높은 성벽밖에 없건만, 성벽의 이점도 사라지자 당황하는 백작지의 기사들과 병사들.

“호호호, 이것도 한번 받아보시지~! 바람의 마나여, 그대의 힘을 이곳에 나타내거라! 윈드 블레이드!”

휘이이잉.

갑자기 맑은 웃음을 지으며 나타난 한 여린 마법사가 허공을 향하여 수인을 맺었고, 곧 거대한 바람의 칼날이 허공에 나타나 백작의 성으로 작렬하였다.

“마, 마법사다!!”

“으아아아! 살려줘!”

소울 가드 기사도, 마법사도 없는 백작의 수비군.

마법사의 마법 한 방과 소울 가드를 보고는 벌써 백여 명이 무기를 버리고 도망가고 있었다.

그들도 알고 있었다, 이곳에 있으면 역모의 죄를 물어 개죽음을 당하리라는 것을.

“쳐라! 국왕 폐하와 파오니아 왕국을 위하여!”

“와아아! 돌격하라!”

지금껏 참았던 분노의 힘이던가.

소울 가드 기사들을 비롯하여 병사들이 함성을 지르며 우르르 성벽을 향해 돌진하였다.

그리고 이런 일들은 파오니아 왕국 곳곳의 영지에서 동시 다발적으로 일어나고 있었다.

잃어버린 공국이 아닌 왕국의 자존심과 기사의 명예를 위하여 숨죽였던 진정한 기사들이 검을 빼어 든 것이다.

"푸하하! 저놈들의 꼬락서니 좀 보게. 감히 사천의 병력으로 우리를 막겠다고?"

이미 왕도에서 몇 투론 거리에 있는 평원에 자리잡은 헬렌 후작군과 반란군.

저 멀리 먼지를 일으키며 다가오는 초라한 국왕군을 바라보며 박장대소를 터뜨렸다.

"하하하! 저놈들이 미쳤군요. 차라리 왕도에서 수성전을 펼쳤으면 좀 버텼을 것을. 이제 갓 모병한 병사들을 데리고 전장으로 나오다니."

브라인 백작은 헬렌 후작의 말에 동조하며 호탕한 웃음을 지었다.

"클클, 어차피 다 죽을 놈들인데 이곳이면 어떻고 저곳이면 어떻습니까."

오십대 중반의 흰머리가 제법 난 다인하임 백작도 가소로운 눈으로 국왕국을 바라보았다.

이곳에 모인 귀족군이 얼마이던가.

파오니아 공국의 얼마 되지도 않는 귀족들의 기사단과 병사들을 모조리 끌어오다시피 한 전력이었다.

그렇기에 평생 이러한 대군을 본 적도 없는 후작과 다른 귀족들이었기에 진을 펼치고 서 있는 오만의 대군을 보며 천하를 다 얻은 듯한 자신감을 가지고 있었다.

"오! 드디어 죽을 자리를 잡았구려."

국왕군이 드디어 평원에 자리를 잡기 시작하였다.

파릇파릇한 새싹들이 이곳저곳에 자리잡은 평원에서 파오니아 왕국의 운명을 걸고 한판 승부를 벌일 참이었다.

"저기에 카온이란 자가 있는 것 같군."

"호호, 기다려 준 보람이 있는 놈이었으면 좋겠어요."

"이번에 소드 마스터로 실험을 해야 했는데 잘됐군. 흐흐, 놈을 잡아 마나의 유동 경로를 파악해야겠어. 흐흐흐."

반란군의 귀족들과 동떨어진 곳.

본능적인 두려움에 병사들 스스로가 자리를 피해 만들어진 공간에 세 명의 인물이 다가오는 국왕군을 바라보며 입맛을 다셨다. 소드 마스터 중급의 기사를 단번에 베어버린 카온이라는 자와 대결하기 위하여.

엥겔의 사신단이 먹이를 찾은 짐승처럼 눈을 파랗게 빛내고 있었다.

"제법이군요."

이미 기다리고 있었던 듯 진형을 갖추고 기다리는 반란군.

대군을 한 번도 지휘해 본 적이 없었을 것이건만 제법 튼실한 진형을 갖추고 있었다.

"아달톤 제국의 기본 전술 교리에 따른 진형이구려."

"그렇습니까?"

제국 기사학교에서 전술학 시간에 배운 진형이었다.

"저들과 정면으로 맞부딪칠 일은 별로 없으니 보병들은 방어 진형을 이루도록 하고, 기사단은 빠르게 돌격할 수 있도록 진형의 좌우에 배치하도록 하시오."

"알겠습니다."

지금 이곳에 모인 사천의 병사들을 전면전으로 무모하게 사용하고 싶은 마음은 없었다.

나와 근위기사단만으로 적의 주력을 궤멸시킬 것이다.

보병들은 단지 오늘을 기억하고 곳곳에 용맹스러운 근위기사단의 모습을 본 대로 소문만 내주면 그뿐이었다.

'반란군의 귀족들과 기사들만 제압하면 나머지 병사들은 모두 투항할 것이다. 저들도 파오니아 왕국의 백성들이니 무모한 살생은 피해야 하리라.'

아드리안느가 사랑하는 것은 나도 사랑해야 하는 법.

아드리안느의 백성은 곧 나의 백성들이었다.

"모두 진을 갖추어라!"

"기사들은 병사들을 지휘하라!"

짧은 시간이지만 병사들과 호흡을 맞춘 근위기사들, 손발이 척척 맞으며 자기들이 서 있을 곳으로 향하였다.

뿌우우웅!

그리고 사방으로 울리는 고동 소리.

전쟁의 시작을 알리고 있었다.

―마스터! 오랜만에 힘 한번 써볼까요, 흐흐.

머리에 울리는 음흉한 웃음소리. 묵호가 점점 더 인간적으로 변해가며 진화하는 것이 분명하리라.

'내 여인에게 눈물을 흘리게 하였던 그대들. 오늘로서 그 빚을 갚아야 할 것이다.'

왕궁의 수비를 위하여 근위기사단 중 정예 십여 명과 병사 천 명을 남겨두고 왔다.

그리고 지금 전장에 예전 근위기사단과 이제 소울 가드를 하사받은 기사들 구십여 명이 긴장된 눈으로 반란군을 바라보고 있었다.

이제 시작이었다.

대륙에 지금껏 존재하지 않았던 자랑스러운 파오니아 왕국의 근위 기사단의 용맹스러운 전설이.

"모두 파오니아 왕궁에 들어가는 즉시 개미새끼 한 마리 남기지 말고 모두 참하라!"

"명!"

아달톤 제국의 거대한 황성.

황실 궁정 마탑의 웅장한 건물에 설치된 거대한 이동 마법진 위에 수십의 기사들과 마법사들이 붉은 망토를 휘날리며 서 있었다.

'흐흐, 황실 특수 기사단 삼십 명이면 카온이라는 자가 없는 파오니아 왕실쯤이야 한 끼 식사거리지.'

론스온 공작은 만족한 눈빛으로 늠름하게 서 있는 황실 특수 기사단을 바라보았다.

아달톤 황실 특수 기사단이 어떤 존재이던가.

왕국에는 존재할 수 없는 제국만의 무력으로 만들어낸 기사와 마법사, 그리고 정령사를 포함한 특수 기사단.

소드 마스터를 단장으로 하여 모두 6써클 이상의 마법사와 상급 정령사, 그리고 익스퍼트 상급 기사들로 구성된 특수 기사단은 가히 일개 왕국의 군단과 맞먹는 전력이라 할 수 있었다.

"론스온 공작, 너무 무리하는 것이 아니오? 비록 카온이라는 자가 리턴 후작을 물리쳤다 하지만, 이 정도 전력은 과하지 않소?"

황실 특수 기사단의 오랜만의 출정을 보러 온 프라이언 공작. 육십대 초반의 프라이언 공작은 아달톤 제국에서도 가장 강력한 무력을 가진 소드 마스터였다, 아직까지 실력이 드러나지 않은.

"프라이언 공작, 카온이라는 놈을 몰라서 그러는 것이오. 놈은 이미 소드 마스터 상급의 기사. 이 정도 전력으로도 장담할 수 없소. 그렇기에 놈이 없는 왕실을 노려 레이디를 지키지 못한 섬김의 기사의 종말을 보고 싶을 뿐이오. 흐흐, 괜히 힘을 소모하여 놈을 잡을 필요는 없지 않소?"

단 한 번 보았을 뿐인 카온이라는 자.

프라이언 공작의 못마땅한 눈길에도 론스온 공작은 꿈쩍도 하지 않았다.

'놈과 부딪치면 제국의 전력이 감소할 것. 굳이 힘을 쓸 필요가 무엇이겠는가.'

프리 나이트에게 섬김의 레이디는 곧 목숨.

레이디를 수호하지 못한 프리 나이트는 이미 생명이 없는 것. 죽음을 택하거나 검을 꺾고 사라지는 것이 지금까지 프리 나이트의 오래된 전통이었다.

"자칸 백작, 황제 폐하의 지엄한 명을 수호하여 영광스러운 황실 기사단의 전통을 이어가 주시오!"

"위대하시고 현명하옵신 다브나스 황제 폐하의 황명을 받들어 자랑스러운 황실 기사단의 전통을 이어 승리의 영광을 바치겠나이다."

방패와 창이 교차하는 표식이 가슴에 장식된 붉은 망토를 펄럭이며 기사의 예를 올리는 자칸 백작.

사십대의 나이로 남작 지위에서 백작 지위까지 실력만으로 올라선 입지전적인 인물이었다.

제국에서도 다섯 손가락 안에 드는 강력한 검술 실력을 가진 진정한 강자 중의 강자였다.

"가라! 가서 황명을 집행하라!"

"명!"

론스온 공작의 명에 주먹을 쥔 오른손을 가슴에 대며 기사의 예를 올리는 아달톤 황실 특수 기사단.

"이동!"

이동 마법진을 관리하는 마법사의 입에서 이동이라는 영창이 떨어지자 마법진에서 엄청난 빛이 뿜어지면서 황실 특수 기사단의 온몸을 감싸 안았다.

"각하, 공격 명령을 내려주십시오! 적들이 꼬리를 말고 방어진을 형성하고 있습니다."

"하하하, 당연히 그래야지. 제까짓 놈들이 무슨 힘이 있다고 우리 연합군을 막겠는가."

헬렌 후작은 한눈에 보아도 전면전의 의지가 없어 보이는 국왕군을 바라보며 박장대소를 터뜨렸다.

"단번에 적의 숨통을 끊어놓도록 하지. 마법사를 투입할 것도 없이 소울 기사 삼백여 명만을 사용하여 국왕군을 혼란에 빠뜨린 다음, 보병으로 모두 쓸어버리는 것이야. 하하하하!"

오합지졸로 보이는 국왕군을 바라보며 호기에 빠진 헬렌 후작. 개기름이 자르르 흐르는 얼굴에 잔혹한 눈빛이 흘렀다.

"진군 나팔을 불도록 하여라! 단숨에 적을 섬멸하라!"

"소울 가드 기사들은 소울 가드를 착용하라! 소울 가드 기사들이 출

병하는 동시에 기사단이 적의 퇴로를 차단하고, 보병들은 방황하는 적
들을 섬멸하라!"

이곳에 모인 반란군의 수장인 헬렌 후작의 명이 떨어지자 나름대로
일사불란하게 명령이 전달되었다.

파바밧!

그리고 터지는 휘황한 빛줄기들.

소드 마스터가 없기에 다루지도 못하는 헬리언 급 소울 가드를 착용
하는 빛줄기는 없었고, 제법 연식이 된 노멀 급과 그레이드 급 소울 가
드들에서 마나의 빛들이 확 터져 나갔다.

삼백여 소울 가드 기사들이 뿜어내는 마나의 빛줄기.

"오! 소울 가드 기사들이 저리 많다니!"

"아, 아름답다."

난생처음 이렇게 많은 소울 가드 기사들을 본 적이 없는 병사들과
귀족들. 모두들 입을 벌리고 소울 가드 기사단이 펼치는 장관에 감탄
을 터뜨리고 있었다.

"돌격하라!!"

뿌우우우웅!

돌격 명령과 함께 길게 울리는 진군의 고동 소리.

파바박!

소울 가드를 착용하여 말보다 빨리 달릴 수 있는 기사들이 대지를
박차고 달려나갔다.

한 손에는 마나 오러에 감싸여 파랗게 살기를 뿜어내는 검을 들고
서.

"단장님, 적이 정면 승부를 해오고 있습니다."

당황하지 말라는 명대로 차분히 마음을 다스린 샬로만 자작.

태양이 놀랄 정도로 밝은 마나의 빛을 뿌리며 소울 가드를 착용한 기사들 수백 명이 떼지어 달려오고 있었다.

그 모습을 바라보며 침을 삼키는 근위기사단과 병사들.

소울 가드 기사들을 바라보며 두려움에 떠는 병사들과는 달리 근위기사들의 눈은 활활 타올랐다.

근 한 달간 특별 훈련을 받은 근위기사단은 예전의 근위기사단이 아니었다.

파오니아 왕국에서 제일 강한 기사단으로 탈바꿈한 그들이었기에 자기들의 실력을 펼치고 싶은 욕망이 가득하리라.

"부단장, 기사단을 내보내게. 죽음 앞에서 검을 들어본 자만이 진정한 기사. 기사를 만들어보게!"

"충~!"

가슴이 뜨거워졌음인가.

달려오는 반란군의 소울 가드 기사들을 바라보며 눈을 빛내던 샬로만 부단장.

명이 떨어지기가 무섭게 검을 빼어 들었다.

"자랑스러운 근위기사단이여, 검을 뽑아라! 저기 검투의 주관자이신 판테온 신께서 우리를 축복하고 있노라!"

차자장.

"파오니아 왕국을 위하여!"

"기사의 명예를 위하여!"

샬로만 부단장의 명에 검을 뽑아 든 구십여 근위기사단.

“소울 가드를 착용하라!”

파바밧!

휘황한 마나가 폭풍을 이루며 묵빛과 은빛이 숏구치는 빛의 파도를 만들어내었다.

“와아아아! 파오니아 왕국 만세!”

“근위기사단에게 승리의 영광이!”

달려오는 반란군의 소울 가드 기사단에 숨죽여 있던 병사들이 근위기사단의 용맹스러운 모습에 무기를 두드리며 환호성을 질러대었다.

죽음에 대한 공포를 잊어버리기 위함인 듯 목청껏 왕국과 근위기사단을 찬양하였다.

“가서 싸워라! 그리고 승리하라! 그대들은 자랑스러운 파오니아 왕국의 왕실 근위기사단이다! 돌격!”

“충~!”

묵룡을 뽑아 돌격 명령을 내리자 기사의 예를 올리며 하늘을 울리는 충성의 맹세 소리.

“가자! 반란군들을 모조리 참하자!”

“근위기사단의 영광을 위하여!”

타다다닥.

명분이 있는 기사의 검은 세상에 못 벨 것이 없다 하였던가.

왕실을 수호하는 근위기사단에게 이보다 더 영광스러운 일은 존재하지 않았다.

그렇게 구십여 근위기사단은 달려나갔다.

한 번 나가면 다시는 돌아올지 알 수 없는 전쟁터의 중심으로 그들은 기사의 검을 들고 달려나갔다.

기사의 명예를 위해 죽음과 기꺼이 입맞춤하리.

'지금은 그대들을 위한 자리. 싸워서 강해져라. 그리고 진정한 근위기사단이 되어라!'

어느새 선두에 이른 근위기사단이 달려오는 적들의 소울 가드 기사들과 맞부딪치기 시작하였다.

―마스터, 심상치 않는 놈들이 다가오는데요. 호오, 마나량이 제법입니다.

위이잉―

묵호의 말이 끝나기가 무섭게 위잉거리며 자신의 존재를 알려오는 묵룡.

이제 나의 적들이 다가오고 있었다.

"후후후……."

이제는 완연하게 찾아온 봄.

생과 사의 치열한 전쟁이 벌어지고 있는 이곳도 얼마 후면 농부의 손길로 곡식들이 자랄 것이다.

과거 이곳에서 파오니아 왕국을 위하여 충성의 검을 들었던 우리들을 기억하면서.

탓!

가볍게 지상을 박찼다.

저기 멀리서 다가오는 삼 인의 알 수 없는 고수들을 향하여.

"공주 마마, 이제 창문을 닫으십시오. 바람이 차갑습니다."

"아, 그들이 돌아오는 그 순간까지 이곳에 있을 것이야. 내가 어찌 편히 있겠는가."

시녀장의 걱정스러운 목소리에 탄식을 터뜨리는 아드리안느.

언제나 왕실을 울리던 근위기사들의 우렁찬 기합 소리가 사라진 왕궁은 쥐 죽은 듯 고요한 적막에 빠져들었다.

두근두근.

그리고 한없이 두근거리는 아드리안느의 심장이 그녀의 마음을 대변하고 있었다.

'나의 기사여, 부디 무사하세요.'

왕국을 위하여 떠난 근위기사들과 병사들의 안위도 걱정스러웠지만, 지금 아드리안느 공주의 마음을 가득 채운 근심은 오로지 한 남자를 위한 것.

바람과 같이 나타나 홀로 쓰러져 가는 왕국을 일으켜 세우고, 왕국의 미래에 희망을 준 사람.

그리고 아드리안느 공주의 가슴을 온통 헤집고 돌아다니는 한 남자.

언제나 곁에 있던 그의 부재가 이렇게 큰 두려움일 줄은 아드리안느 공주는 지금 알았다.

'바람의 카온, 어서 바람을 타고 이곳으로 오세요. 당신의 넓은 품이 한없이 그립답니다.'

사라락.

아드리안느 공주의 마음을 아는 듯, 사라락거리며 창가로 불어오는 바람이 윤기가 흐르는 긴 황금 머리칼을 부드럽게 하늘로 날렸다.

사랑하는 기사를 전쟁터로 떠나보낸 여인의 흔들리는 마음을 아는지 모르는지.

"왕자님, 국왕 폐하와 공주님의 곁에 계십시오. 적들의 기습이 예상되고 있습니다."

"알겠소. 그런데 그대는 누구인가?"

안토니안 왕자는 왕족 전용 연무장에서 나오며 자신을 기다리는 기사를 바라보며 의문을 표하였다.

철가면을 쓰고 있는 모습도 이상하였고, 여인인지 남자인지 모를 중성적인 목소리가 낯설었다.

왕국에서 보아온 기사들과 확연히 다른 자였다.

"소신은 왕국을 위하여 검을 든 기사. 소신의 정체를 의심하지 말아주십시오. 반란군을 물리치고 카온 후작께서 오시면 모든 사실을 말씀드리겠습니다."

"음, 그리하도록 하시오."

카온 후작이라는 이름이 나오자 믿음을 보이며 앞장서서 가는 안토니안.

그의 오른손에는 투박한 목검이 꽉 움켜쥐어 있었다.

'이 불안감은 무엇인가. 마치 전쟁터에 나온 느낌이 아니던가.'

안토니안 왕자를 근위기사 두 명과 함께 뒤따라가며 알 수 없는 불안감이 엄습함을 느꼈다.

소드 마스터가 되고 나서 처음으로 느껴지는 불안감. 레시안은 철가면 속에서 가볍게 인상을 찌푸렸다.

파바밧!

파오니아 왕도가 가깝게 보이는 야트막한 산에 때 아닌 강렬한 마법의 빛이 몰아쳤다.

그리고 나타나는 삼십 인의 기사들.

붉은 망토를 펄럭이며 무심한 눈으로 파오니아 왕성을 바라보기 시작하였다.

"어서 오십시오. 기다리고 있었습니다."

이동 마법진을 설치하여 기다리고 있던 황실 마법사와 황실 첩보조 소속의 간세. 마법진 위로 나타난 자들 중 자칸 백작을 바라보며 고개를 숙였다.

"수고하였다. 별다른 이상은 없겠지?"

"그러하옵니다. 이곳에서 보기에 별다른 바가 없었습니다. 비록 왕성이라지만 여느 제국의 백작가보다 못한 방어 마법진이 가동되고 있으며, 수비하는 병력들도 볼품이 없습니다. 거기에다가 근위기사들을 비롯하여 대부분의 병사들이 귀족 반란군을 막기 위해 출동한 상태입니다."

마법사의 옆에 있던 황실 기사 첩보조가 대략적인 보고를 하였다.

"알았다. 모두 출발! 왕성에 도착하는 즉시 소울 가드를 착용하여 성문을 막고 있는 병사들을 제압한 후 왕궁으로 진격한다. 한 치의 실수도 없도록!"

"충!"

강인한 얼굴처럼 명령도 짧은 자칸 백작의 명령.

약한 방어 마법진이나마 작동하고 있는 파오니아 왕도이기에 안전을 위하여 이곳으로 워프해 왔다.

그리고 이제 눈앞에 보이는 왕도를 향하여 달려가 목표를 완수하면 그만이었다.

"가자!"

팟!

기사들의 걸음으로 빠르게 달려 차 한 잔 마실 시각이면 도착할 거리.

오늘따라 더욱 붉어 보이는 자칸 백작의 망토가 하늘을 수놓자, 그 뒤를 이어 삼십 인의 기사와 마법사들이 몸을 날리며 망토를 펄럭였다.

"죽어라! 반역자들아!"

"조용히 입 닥치고 죽어!"

차자장!

치지직!

검과 검이 부딪치고, 일반 기사들의 몸놀림보다 배나 빠른 소울 가드 기사들의 검이 상대방의 전신을 노리고 짓쳐들어갔다.

그리고 연속적으로 소울 가드가 복구되는 소리가 들렸다.

삼백 대 구십.

대부분 노멀 급과 그레이드 급 소울 가드를 소유한 기사들의 대결이기에 치열함은 대단하였다.

"계속하여 몰아붙여라!"

"기사도 아닌 자들이 감히!"

명분이 없는 반란군의 기사들.

기사도 아닌 자라는 조롱 속에 반역자란 소리를 듣는 반란군의 기사들은 소울 가드 속에서 얼굴이 벌겋게 달아올랐다.

비록 주군인 귀족들의 명령에 나온 전장이지만, 기사들의 정신적 주군이랄 수 있는 국왕을 향해 검을 든다는 것은 내키지 않는 일이었다.

더군다나 여태 우습게 보았던 근위기사들의 실력이 장난이 아니었다.

한 명당 셋의 기사가 상대하건만 점점 불리해지는 것은 반란군의 소울 가드 기사들.

근위기사단의 마나 오러는 이상하게도 반란군 기사들의 소울 가드에 적중하여 커다란 손해를 입혀가건만, 반란군의 마나 오러는 맥없이 근위기사의 검에 막혀 버렸다.

구십여 명의 근위기사단을 포위하는 형태이건만 오히려 점점 포위당하는 것은 반란군의 기사들이었다.

"모, 모두 정면을 돌파하라!"

"어디를!"

"컥!"

퍼걱.

수상함을 느낀 반란군 기사들. 입을 열고 돌파를 명하던 귀족의 입 속으로 샬로만 자작의 튼실한 마나 오러가 깊숙이 처박혔다.

아무리 소울 가드를 입고 있다지만 얼굴을 감싼 부분은 가장 취약한 부분.

마나로 재생할 틈도 없이 샬로만 자작의 검은 반란군 기사의 안면 소울 가드를 반쪽으로 갈라 버렸다.

"자랑스러운 근위기사단의 저력을 마음껏 펼쳐라! 우리는 파오니아 왕실 근위기사단이다!"

"와아! 반란군을 토벌하자!"

"으으……."

—마스터, 마나가 부족하여 소울 가드를 해제하겠습니다.

—마스터, 위험을 경고합니다.

처음에는 기세 좋게 밀어붙이던 반란군 소울 가드 기사들.

근위기사단의 이상하리만치 강력한 마나 오러가 담긴 검과 듣도 보도 못한 검술에 하나둘씩 마나가 고갈되어 전쟁터에 뒹굴었다.

서걱.

"컥……."

소울 가드가 해제된 기사는 병사만도 못한 자들.

마나와 힘이 고갈된 기사들은 근위기사들의 좋은 표적이 되어갔다.

'이 정도의 소울 가드라면 근위기사단은 최고로 강해지리라!'

이미 소울 가드가 최대한 상하지 않도록 기사들을 베어버리라 지시하였다.

어차피 국왕을 배반한 기사들은 기사가 아닌 자들.

마나를 수련하였다 하여 미련을 둘 필요가 없었다.

한 번 배반한 자는 두 번도 배신할 수 있기에 충성스러운 왕국의 기사들이 될 수 없는 것이다.

'그런데 저자들은 누구인가?'

샬로만 자작은 저 멀리 유람을 나온 듯 천천히 걸어오는 삼 인을 바라보았다.

그리고 그 앞으로 다가가는 카온 후작의 모습도 보였다.

뭐라 표현할 수는 없지만 이 전투의 승패를 가를 것 같은 예감이 문뜩 스치고 지나갔다.

"저, 저럴 수가……!"

"어떻게 삼백여 명의 소울 가드 기사들이 백 명도 안 되는 기사들에게……."

망연자실한 반란군 귀족들.

헬렌 후작을 비롯한 귀족들은 믿기지 않는 광경에 할 말을 잃고 멍하니 바라만 보고 있었다.

분명 지금쯤이면 귀족파의 소울 가드 기사들이 근위기사단을 쓸어버리고 병사들을 도륙하고 있어야 정상이었다.

그런데 눈앞에 보이는 광경은 반대의 상황.

어떻게 삼백여 명의 소울 가드 기사들이 백여 명도 안 되는 소울 가드 기사들에게 둘러싸여 속속 피를 흘리고 있는지, 합리적인 이성을 가진 이들이라면 지금 광경을 이해하지 못할 것이다.

그러나 현실은 현실.

헬렌 후작은 퍼뜩 정신이 돌아옴을 느꼈다.

'만약 소울 가드 기사들이 당한다면, 나를 비롯한 귀족들은 어떻게 된단 말인가? 으으으, 여태 일구었던 가문의 영광을 여기서 끝낼 수는 없다.'

머리를 최대한 굴리며 주변의 상황을 냉철히 판단하는 헬렌 후작.

그의 눈에 문뜩 삼 인의 인물이 보였다.

천천히 느긋하게 이 전투와는 상관없다는 듯 전장의 한구석으로 다가가는 인물들.

엥겔의 사신단이 눈에 확 들어왔다.

'그래! 바로 저들이 남아 있었군!'

지금의 상황은 위험하였지만, 만약 엥겔 사신단이 카온이라는 놈을 죽인다면 분위기는 역전될 수 있었다.

지휘관을 잃은 기사들과 병사들은 사기가 저하되어 가진 힘을 잃어버리는 것이 전쟁터의 법칙.

헬렌 후작은 한가닥 남은 희망을 바라보며 속으로 응원을 하였다.

불과 얼마 전까지만 해도 속으로 찢어 죽이리라 욕을 하던 엥겔의 사신단이 지금 그의 눈에 신의 사자로 보이기 시작하였다.

제64장

엥겔의 사신단

엥겔의 사신단

"네놈이 바람의 카온이란 자인
가?"
"후후후, 네놈이라……."
서로의 거리는 20샤이.
검사와 마법사, 그리고 정령사로 보이는 자들이 다가오는 나를 보고
있었다.
그리고 뜬금없이 던지는 네놈이라는 소리.
—마스터, 소드 마스터에 고써클의 흑마법사, 그리고 상급 이상을
소환할 수 있는 정령사군요. 흐흐, 묻읍시다.
묻는 것에 단단히 재미를 붙인 묵호.
'묻어버릴까…….'
무슨 강호의 문파도 아니고, 검은색 일색의 망토를 두르고 나타난

이남일녀의 인물들.

얼굴 가득 당당한 자신감을 드러내는 것이 그리 마음에 들지 않았다.

"호호, 검은 흑발이 이리도 잘 어울리다니. 딱 내 취향인데 이거 어떡하지?"

"흐흐, 고놈, 뼈가 아주 단단하구나. 실험용으로 쓰면 아주 그만이겠어."

아직 뭐가 뭔지 상황 파악이 안 되는 놈들.

마음의 결정을 내리는 순간이었다.

'묵호!'

─네, 마스터.

'묻자!'

─넵! 마스터!

간단하지만 함축적인 표현들.

묵호와 어느새 나는 마음이 통하는 사이가 되어 있었다.

"그대들은 누구인가?"

"그대들? 공국의 후작이라더니 맛이 아주 갔구나? 우리가 누구인데 감히 하대를 하는 것인지, 흐흐."

"호호, 이제 신출내기 프리 나이트가 뭘 알겠어요. 그저 귀엽기만 한데."

"우리는 엥겔의 사신단이다."

"엥겔의 사신단? 뭐 하는 놈들인가?"

"뭣이!!"

무심한 물음에 발끈하는 로브를 걸친 흑마법사.

“세 명이 움직이는 걸 보니 기사단도 아닌 것 같고, 딱히 실력이 뛰어나지도 않는 것 같으니 용병단 같지도 않고……. 아! 그대들이 바로 전장의 청소부들이군. 하하, 용케 잘도 찾아왔군. 먹고살려고 말이야.”

“이, 이놈이!!”

“죽으려고 작정을 했구나.”

대륙에서 제일 심한 욕 중 하나가 바로 전장의 쓰레기 청소부라는 욕이었다.

인간의 전쟁이나 몬스터들과의 전쟁이 있는 곳에 등장하여 시체에 남겨진 주인 잃은 물건들을 취하여 생명을 연장하는 자들.

이곳 대륙에서 인간 이하의 대접을 받는 자들이 바로 그들이었다.

‘저들이 엥겔의 사신단인가? 아직 죽지 않았군.’

기사학교에서 익히 듣던 이름이었다.

언제나 세 명이 함께 움직이며 각 제국이나 왕국에서 작위를 준다 하건만, 자유로이 세상을 떠돌며 자기들만의 유희를 즐긴다는 엥겔의 사신단.

몇십 년 전에 사라졌다 하였건만, 지금 이곳에 나타났다.

그것도 나를 찾아서.

“찾아온 이유가 있을 터. 죽음을 찾아왔는가?”

죽음에 대한 조용한 물음.

그제야 조용히 발끈하던 입을 다물고 나를 뚫어져라 바라보는 엥겔의 사신단.

“호오, 마나가 겉으로 드러나지 않는 경지란 말인가? 대단하군. 나이도 어린 것 같은데 벌써 그런 경지라니.”

‘저자가 검의 사신 엘루스겠군.’

나도 익히 들어 알고 있는 엥겔의 사신단의 이름들.

"바쁜 전쟁터다. 간단히 말하라. 죽을 것인가, 살 것인가를……."

막바지에 이른 듯 근위기사단과 반란군의 소울 가드 기사들이 한데 어우러져 있었고, 그곳에서 피 내음이 바람을 타고 흘러나왔다.

만약 이때 힘에 부친 근위기사단을 향하여 기사단이나 보병들을 투입하면 낭패에 이를 수도 있었다.

어차피 병사들이야 수적으로나 질적으로 열세였기에.

"들리는 소문처럼 네놈의 실력이 뛰어나다면 살 수 있겠지. 우리를 불러낼 정도의 실력이라면 말이야."

"호호호, 그래도 소드 마스터인데 이름값은 하겠죠."

"산산이 찢어 죽이지는 않으마."

"후후후……."

파바밧!

서로 웃음을 짓고 있었지만 대기 중의 마나는 폭풍우처럼 휘돌기 시작하였다.

고수는 고수를 알아보는 법.

긴장한 저들의 심장 소리가 바람에 들려오는 것 같았다.

'묵호, 나를 보호하라.'

—마스터의 명을 따르옵니다.

평소와는 다른 진중한 묵호의 음성.

쑤욱.

단전에 가득하던 내공이 갑자기 쑤욱 빠져나가며 온몸으로 묵호가 퍼져 나가는 것이 느껴졌다.

파앗!

그리고 저녁의 어둠보다 강한 묵빛이 온몸에서 뿜어져 나왔다.

'노멀 급? 그런데 이 마나량은 무엇이란 말인가!'
검의 사신 엘루스는 카온이라는 자가 착용한 소울 가드를 바라보며
의문에 빠졌다.
분명 터져 나오는 소울 가드의 빛줄기는 노멀 급이 분명하건만, 주
변에서 느껴지는 마나의 양은 상상을 초월할 정도.
더군다나 엥겔의 사신단이라는 이름을 듣고도 저리 태연한 표정을
짓는 카온이란 자의 태도가 거짓이 아닐 것이라는 생각이 들었다.
'부딪쳐 보면 알겠지…….'
권태로운 세상.
갑작스럽게 상당한 거금과 함께 카온이란 자를 죽여달라는 청부가
아달톤 제국에서 들어왔다.
어차피 흑마법을 연구하는 다킨즈 때문에 돈이 다 떨어진 상태였기
에 흔쾌히 응하였다.
소드 마스터 중급을 몇 수 만에 패퇴시켰다는 카온이라는 자의 실력
도 궁금하였기에.
파앗!
그리고 검의 사신 엘루스의 헬리언 급 소울 가드도 빛줄기를 뿜으며
마나를 빨아들여 갔다.

'호오! 흑마법사용 소울 가드? 그리고 저것은 정령사용 소울 가드가
아닌가! 대륙에 몇 기 없다는…….'
흑마법사용 소울 가드도 처음 보았고, 더욱이 대륙에서도 만들기가

어려워 고대 마도시대부터 몇 기 내려오지 않는 정령사용 소울 가드가 눈앞에 나타났다.

가히 돈으로 환산할 수 없는 보물, 정령사용 소울 가드.

검의 사신 엘루스가 착용한 헬리언 급 소울 가드가 초라해 보이는 순간이었다.

"호호, 고대 마도시대의 던전에서 발견한 정령사용 소울 가드를 처음으로 사용하는 것을 영광으로 알아라."

"흐흐흐, 우리가 십 년에 걸쳐 얻어낸 소울 가드이지."

아마도 십 년 동안 아직 대륙 곳곳에 남아 있는 마도시대의 던전을 탐험하느라 모습을 드러내지 않았던 것 같았다.

─마스터, 저 물건들 돈 좀 되겠습니다. 흑마법사용 소울 가드와 정령사용 소울 가드면 힘 좀 써야겠는데요.

아직 맞부딪치지는 않았지만 분명 위험한 상황. 그러나 돈으로만 저들을 바라보는 묵호.

나를 드래곤 하트를 삼킨 폴라온 대제로 착각하는 것 같았다.

'오랜만이군…… 이 느낌.'

드래곤을 제외하고 인간들 중에서 이렇게 강한 자들은 처음이었다. 등을 타고 흐르는 짜릿한 긴장감이 느껴질 정도로.

스릉.

마음이 일자 묵룡이 부드럽게 검집에서 뽑혀 나왔다.

'묵룡, 너의 힘을 보여다오.'

위잉.

나의 부름에 부드럽게 울며 대답하는 묵룡.

"우리를 실망시키지 말아라. 너의 시체조차 온전히 보전하고 싶다면……."

검의 사신 엘루스의 충고 아닌 충고.

"후후, 내가 하고 싶었던 말이다. 나를 막지 못하면 너희들은 죽는다……."

파바방!

검의 사신 엘루스의 검에서 오러 소드의 밝은 청광이 흩날렸고, 흑마법의 사신 다킨즈의 마법사용 소울 가드에서 검은빛의 룬어들이 마나를 머금고 빛을 뿜었다.

그리고 난생처음 보는 정령사용 소울 가드가 인간계의 빛이 아닌 정령의 기운을 흩날리고 있었다.

"죽어라! 건방진 놈!"

"다크 프레스!!"

"호호호, 슈리엘, 어서 나오거라!"

소드 마스터 중급 이상이 분명한 검강이 순식간에 공간을 점하고 달려왔다.

거기에 어둠의 기운이 가득한 흑마법이 온몸을 옥죄어왔다.

—마스터, 자동 마법 캔슬을 펼치겠습니다.

스르륵.

말과 함께 내공이 쑤욱 빠져나가며 온몸에서 룬어의 빛이 확 퍼져나갔다.

묵호의 또 다른 기능인 마법이 펼쳐지는 순간이었다.

"타앗!"

동시에 발은 지상을 박차고 파란 검강을 뿌리며 다가오는 엘루스를 향하여 나아갔다.

어느새 묵룡의 검신에 드리운 파란 검강이 태양 빛을 반사시키며.

"저, 적이다!!"

땡땡땡!

"궁수들은 화살을 발사하라!"

파오니아 왕성의 거대한 성벽.

멀리서 다가오는 자들을 발견하자마자 급박하게 긴급 종이 울렸다.

그리고 쏟아지는 화살의 비.

비록 거대한 성벽을 수비하는 병사들이 천여 명뿐이었지만, 왕성을 사수하겠다는 각오로 병사들은 있는 힘껏 화살을 발사하였다.

파앗!

그러나 갑자기 달려오는 자들의 몸에서 강렬하게 빛나는 광채에 병사들은 날리던 화살을 접어야 했다.

"소, 소울 가드다……."

화르르르.

"피, 피하라!!"

"마법사다!!"

삼십여 명에 이르는 소울 가드 기사들만으로도 충분히 공포스러웠건만, 성벽을 향해 날아오는 거대한 마법의 화염.

병사들은 방금 전에 보이던 용맹함도 잊은 듯 급히 머리를 숙였다.

콰과광!

"왕성으로 돌격하라!"

오늘따라 굳게 닫힌 파오니아 왕도의 거대한 철문이 마법 방어진의 방어 능력을 넘어섰는지 마법에 의하여 산산이 부서지며 비산하였고,

그 뒤를 왕성으로 돌격하라는 음성이 바람을 타고 들려왔다.

타닷!

성문 위의 병사들이 정신을 차리고 바라보는 사이 성문을 통과한 알 수 없는 적들이 어느새 왕궁을 향해 달려가고 있었다.

"오, 신이시여!"

누군가의 입에서 터지는 신을 찾는 음성.

귀족 반란군을 치기 위하여 떠난 근위기사단과 카온 후작의 부재가 절망스럽게 다가오는 순간이었다.

"무슨 일이에요?"

"모르겠습니다. 갑자기 외성을 수비하는 병사들의 공격 신호가 들려왔고, 곧바로 무언가 터지는 소리가 들렸습니다."

아드리안느 공주의 황급한 물음에 근위기사는 모르겠다는 대답을 하였다.

"공주 마마, 국왕 폐하와 합류하여야겠사옵니다. 아무래도 분위기가 심상치 않사옵니다."

"알겠습니다. 어서 가도록 하지요."

공주를 수호하는 근위기사들의 말에 공주는 고개를 끄덕이며 발걸음을 옮겼다.

왕궁에서 가장 전망이 좋은 이곳에서 그녀의 기사가 돌아오는 모습을 보고 싶었지만, 지금은 욕심을 버려야 할 때.

위험에 처한 상황에서 상급자의 어리석은 고집으로 인해 더욱 위험에 빠질 수 있다는 것을 알기에 공주는 아쉬움을 뒤로하고 발걸음을 빠르게 옮겼다.

‘강한 놈들이 다가온다!’

조금 전부터 일던 불길함의 정체가 파악되는 순간이었다.

지금 이곳 왕궁을 향하여 다가오는 자들에게서 느껴지는 강력한 마나.

레시안은 등으로 흐르는 긴장감에 살들이 곤두서는 느낌을 받았다.

‘이곳은 좁아서 위험하다. 나가서 막아야 한다.’

왕실 근위기사들을 중심으로 국왕과 공주, 그리고 왕자를 보호하게 하여야 한다. 그리고 자신과 공작가의 흑사자 기사단으로 일단 적을 막아야 했다.

“왕자 전하, 적들이 온 것 같습니다. 이곳에서는 막을 수 없사오니, 저는 나가 밖에서 적들을 막아야 할 것 같사옵니다.”

“그래요? 알겠습니다.”

아직 어린 나이이건만 목검을 꼭 움켜쥐고 담담하게 허락하는 왕자.

짧은 시간 동안 지켜보았지만 현명한 국왕이 될 것이라는 확신이 들었다.

“근위기사들은 이곳에서 왕가의 인물들을 수호하시오. 그리고 나머지 기사들은 나를 따르라.”

“충!”

카온 후작이 절대적으로 복종하라 하였기에 아무런 반론을 제기하지 않는 오 인의 근위기사단.

“공주님께서 드십니다.”

한쪽 침상에 누워 있는 식물인간의 무크리온 국왕, 그리고 이 왕국의 미래라 할 수 있는 안토니안 왕자와 아드리안느 공주까지 모두 한 방에 모였다.

‘일단 근위기사들이 십여 명이니 어느 정도는 막아주겠지.’

카온 후작이 배정한 근위기사단 오 인이 수호하는 방.

소드 마스터가 오지 않는 한 어느 정도 시간은 벌어줄 것이다.

“잠시 후에 뵙겠습니다.”

레시안은 짧게 목례를 취하며 밖으로 나갔다.

이미 밖에는 공작가의 흑사자단이 대기하고 있었다.

“가자!”

“충!”

이미 과거부터 철가면의 기사인 레시안에게 충성을 맹세한 흑사자단의 기사들.

바람처럼 몸을 날려 왕궁 연무장으로 향하였다.

캉!

“다크 라이트닝!”

“슈리엘, 정령 마법으로 공격해!”

─마스터, 자동 마법 방어를 실시합니다.

엘루스의 검을 튕겨내고 가슴에 일검을 찌르려는 순간 6써클 흑마법의 공격이 머리 위로 떨어졌다.

거기에다가 바람의 상급 정령인 슈리엘 두 마리가 엄청나게 빠른 속도로 좌우에서 몰아쳐 왔다. 그것도 바람 계열의 마법을 펼쳐 오면서.

─마스터, 이거 재미있습니다. 이렇게 박진감 넘치는 전투라니, 흐흐흐.

묵호가 미치지 않고서야 그럴 수 없었다.

자기야 내공을 쭈욱 빨아가며 마법을 방어하고 거기에다가 공격 마

법까지 펼치고 있었지만, 검강을 유지하면서 세 사람의 공격을 막아내
는 나는 정신이 없었다.

더군다나 막 검을 꽂으려는 순간 쑤욱 내공을 잡아먹는 묵호의 무지
막지한 내공 사용량 덕분에 다리가 풀린 적이 한두 번이 아니었다.

'차라리 묵호를 벗어버려?'

하지만 그럴 수도 없는 것이, 나름대로 완벽한 호흡을 맞춰오는 세
사람의 공격은 제법 강맹하였다.

만약 한 대라도 정통으로 맞는다면 전투 능력을 상실할 것 같았다.

'후후, 기분은 좋군.'

다행히 소울 가드 기사단의 전투에서는 근위기사단의 승리가 확실
한 것 같았다.

'무당의 진법을 가르친 보람이 있군.'

긴박한 와중에도 전황이 파악되었다.

짧은 시간이었지만 검의 근본적인 가르침을 받은 근위기사단에게
무당의 칠성검진 중 기초적인 몇 가지를 가르쳤을 뿐인데, 그것을 아주
유용하게 써먹고 있었다.

"타피트!"

"다크 라이데인!"

"슈리엘 소환!"

홀로 수십 합을 막아내자 화가 치민 듯 비장의 수를 펼쳐 오는 엥겔
의 사신단.

온 정신을 집중하여 막아야 했다.

'무당의 검은 바람 속에서도 자유로우니, 세상에 거칠 것이 아무것
도 없도다.'

강한 자들을 만나자 자연스럽게 펼쳐지는 상승의 무리들.

묵룡 스스로 무리를 이끌어내며 공격들을 일일이 막아냈다.

―앗싸! 마법이다!

다만 철없는 묵호만이 마법 공격에 일일이 대항하며 신이 나 있었다.

‘이, 인간이 맞는가!’

‘뭐야!!’

‘크으, 마검사라니!’

엥겔의 사신단은 지금 믿기지 않는 광경에 힘이 빠지고 있었다.

처음부터 강자임을 알고 각자가 소울 가드를 착용하고 공격하였건만, 마검사용 소울 가드를 입고 너무나 쉽게 막아내는 카온이란 자.

엥겔의 사신단이 태어나 처음 맞이하는 인간 중의 최강자였다.

"헛!"

"헉!"

더군다나 정령과 마법까지 완벽하게 방어해 내며 공격까지 해오는 카온이란 자의 검술.

그것은 들도 보도 못한 신기에 가까운 검술이었다.

부드러우면서도 강함을 수유하고 거기에다가 다변하기까지 하니, 검에 관하여 천하제일이라 자부하던 검의 사신 엘루스마저 전투 중임에도 입을 벌리고 감탄하였다.

―마스터, 마나의 양이 얼마 남지 않았습니다.

―마스터, 정령의 친화력이 급감하고 있습니다.

─마스터, 마법 공격력이 감소하기 시작하였습니다.

더군다나 귓가로 울리는 소울 가드들의 경고음.

이제 마지막 수를 펼쳐야 할 때가 오고 있었다.

찌릿.

지금껏 수없이 사람을 비롯한 몬스터들과 실전을 벌인 엥겔의 사신단.

눈치를 주고받으며 최후의 일전을 준비하고 있었다.

'후후, 이제 최후의 일격을 준비하는 건가?'

아무리 강한 자들이라 하지만 나의 오 갑자 내공을 당할 수는 없었다.

더욱이 태극혼원기공의 무한한 공능으로 인하여 빠져나간 내공이 다시 묵직하게 차 오르고 있었다.

그렇기에 묵호가 마음대로 내공을 사용하며 마법을 시험하고 있는 것이었다.

'이곳은 괜찮은데… 왕궁은 어떻게 되고 있는지…….'

엥겔의 사신단의 실력은 이미 파악한 상태. 근위기사단도 이제 반란군의 기사들을 제압하여 전투를 정리해 나가고 있었다.

문제는 왕궁이었다.

분명 무슨 일이 있을 것만 같은 예감이 머리를 스쳤다.

바람 속에서 아드리안느 공주가 부르는 소리와 함께…….

"멈춰라! 이곳은 파오니아 왕국의 왕실이다!"

"컥!"

붉은 망토를 휘날리며 바람처럼 왕궁의 내성을 넘어오는 이름을 알 수 없는 자들.

앞을 막아서는 왕궁 병사들을 무참히 베어버리고 멈춰 섰다.

'강한 자들이다.'

아무리 공국의 내성이라지만 성문에는 제법 강력한 방어 마법진이 가동되어 있었다.

그런데 단 한 방의 마법에 성문이 박살났고, 그 문으로 삼십 인의 소울 가드 기사가 난입하였다.

'응? 저 복장은!!'

레시안은 멈춰 서서 소울 가드 위로 날리는 붉은 망토를 바라보았다.

익히 아버지로부터 들어 알고 있는 저 복장.

바로 아달톤 제국의 황실 특수 기사단의 복장이었다.

'위험하다!'

딱 보아도 소드 마스터를 비롯한 고위급 마법사와 정령사까지 포함된 제국 특수 기사단.

그들을 상대로 얼마나 버틸지 장담할 수 없었다.

꾸욱.

하지만 막아야만 한다.

레시안 자신은 파오니아 왕국의 기사. 그것도 유일무이한 공작가의 후계자였다.

"제국에서 이곳까지 어인 일이더냐? 감히 이곳으로 더러운 발을 들이다니!"

파밧!

말이 끝나기가 무섭게 철가면을 쓰고 있는 레시안의 얼굴과 온몸에서 파란빛이 번뜩이며 소울 가드가 덮어졌다.

파바밧!

그리고 그 뒤에 검을 들고 있던 흑사자단 기사들의 몸에서도 마나의 빛이 확 퍼져 나왔다.

"가, 각하! 어서 명령을 내려주십시오!"

"이, 이럴 수가……!"

헬렌 후작을 비롯한 반란군 귀족들은 지금 제정신이 아니었다.

처음에 기세 좋게 몰아붙이던 귀족가의 소울 가드 기사들이 어느 순간 포위 비슷하게 당하더니, 지금은 오십여 명도 남지 않았다.

반면 근위기사단에서는 이렇다 할 사상자도 나지 않았고, 잔인한 근위기사단 놈들은 소울 가드가 해제된 기사들의 목을 일절 망설임도 없이 베어버렸다.

그 모습에 놀란 반란군 귀족들.

여태 공국에서 거들먹거리기나 했지, 제대로 된 전투 한 번 벌여보지 못한 귀족들이었기에 소울 가드 기사단의 괴멸은 정신을 흔들어놓기에 충분하였다.

'늦었다!!'

이미 남아 있던 기사단과 병사들을 출격시키기에는 늦었다.

눈앞에서 소울 가드 기사들이 처참하게 죽어가는데, 어떤 골 빈 기사들과 병사들이 근위기사단을 향해 돌격하겠는가.

그리고 이곳에 남아 허리에 소울 가드를 폼으로 차고 있는 귀족들은 더 더욱 믿을 것이 못 되었다.

'엥겔의 사신단마저…….'

희망의 눈으로 바라보았건만, 카온이라는 자가 소유한 소울 가드가 전설로만 내려오는 마검사용 소울 가드임이 밝혀지며 그들에게 품었던 희망이 물거품처럼 사라지고 말았다.

'영지로 돌아갈 수도 없다. 분명 이들은 여세를 몰아 영지로 몰려올 것. 소울 가드 기사조차 없는 영지를 어떻게 방어하겠는가. 그렇다면 갈 곳은 제국…….'

다행히 이런 날을 대비하여 아달톤 제국에 어느 정도의 재산을 비축해 두었다.

영지민들에게 착취하여 왕국에 낼 세금으로 훗날 제국의 후작이 될 날을 대비하여 저택을 구입하였고, 제국 상단에 지분도 만들어두었다.

'지금은 때가 아니건만 빌어먹을 카온, 저놈 때문에!'

저놈이 나타나는 순간 모든 일이 엉망진창이 되어버렸다.

헬렌 공작은 멀리 보이는 카온을 노려보며 결단을 내려야 했다.

어차피 엥겔의 사신단 놈들도 깨진 이 순간, 그는 짧은 시간 동안 살 길을 찾아야 하는 것이다.

"총공격을 감행해야 할 것이오! 근위기사단도 지쳐 있고, 적의 병사들은 우리 병사들의 십분의 일도 안 되는 숫자. 병력으로 밀어붙여 승기를 잡아야 하오!"

"하, 하지만……."

벌벌 떨고 있는 귀족들에게 헬렌 후작의 명령은 귀에 달가운 소리가 아니었다. 저기 평원에 누워 목이 베인 채 피를 쏟아내는 소울 가드 기사들처럼 되고 싶은 마음은 전혀 없었기에.

"지금 우리가 돌아갈 곳이 있을 줄 아시오? 소울 가드 기사단이 없는 영지를 어찌 수호한단 말이오! 더군다나 국왕파 귀족들이 온전히 힘을 비축하고 있는데 영지가 무사할 것 같소?”

헬렌 후작의 협박.

그러나 헬렌 후작도 모르는 것이 있으니, 헬렌 후작이 협박으로 꺼낸 말대로 귀족파의 중요한 영지는 모두 국왕파 귀족들에게 점령당하고 있었다.

“그렇다면야……."

내키지 않는 표정의 귀족들.

그러나 딱히 이렇다 할 대안이 없었다.

“공격을 명하오! 이대로 밀고 왕도까지!”

“각하의 명을 따릅니다!”

귀족들은 어쩔 수 없이 고개를 숙였다.

제국과 연결된 헬렌 후작이 없는 귀족파는 상상도 할 수 없었기에.

‘호호호, 그래, 다들 가서 장렬하게 싸워라.’

마법사에게 이미 지시해 두었다. 언제라도 위험에 처하면 제국으로 워프를 펼칠 수 있도록.

“댄싱 라이너!”

휘리릭.

레시안이 여자인 이상, 아무리 소드 마스터라지만 근본적인 근력은 남자 기사보다 뒤떨어졌다. 그렇기에 그녀는 공작 가문 대대로 내려오는 기사의 검술이 아닌 공작과 함께 창안한 검술을 펼쳤다.

그리고 펼쳐지는 가벼운 검의 초식들.

소드 마스터의 발걸음을 펼쳐 순식간에 거리를 압축하며 흩뿌려지는 검기로 십여 줄기의 환상을 만들어내 상대편 소드 마스터를 압박해

갔다.

"블레이드 닥트!"

헬리언 급의 소울 가드를 입고 있기에 보통의 기사들보다 대여섯 배의 스피드와 힘을 낼 수 있는 소드 마스터.

온몸으로 파고드는 레시안의 검초를 막아내기 위하여 강력한 힘의 검술을 펼쳤다.

따다당!

"헛!"

레시안은 특기인 눈을 현란하게 하여 상대방의 틈을 노리고 공격하는 검초가 먹히지 않자 헛바람을 집어삼켰다.

더욱이 변초를 파괴해 버리는 강력한 일검은 시퍼런 검강에 둘러싸인 검으로도 보호가 되지 않았다.

—마스터, 물리적 방어력이 감소되었습니다.

더군다나 무식한 힘의 검술에 눌리면서 살짝 스친 소울 가드가 마나를 소비하며 복구하고 있었다.

"막아라!"

"호호호, 실력이 제법이다만."

파바박!

따다당!

왕궁으로 들어가는 입구를 막고서 배수의 진을 치고 있는 흑사자 기사단.

공작가에서도 최고의 기사들을 끌어 모았건만, 제국 특수 기사단의 맹렬한 공세에 연신 뒤로 물러서고 있었다.

더군다나 수적으로 열세임과 동시에 저들은 마법사와 정령사까지 존재하였다.

"플레임 소드!"

"슈리엘, 공격하라!!"

6써클 마법과 바람의 상급 정령의 합공.

흑사자 기사단은 상대편 기사들의 검을 막으면서도 틈틈이 마법과 정령들의 공격도 막아야 했다.

―마스터, 물리적 방어력과 마법적 방어력이 동시에 급감하고 있습니다. 마나를 사용하여 복원에 들어가겠습니다.

―마스터, 마나의 양이 현저히 줄어들고 있습니다.

흑사자 기사단원들은 머리 속에 울리는 소울 가드의 경고음에 입술을 지그시 깨물었다.

여기서 한 발자국이라도 물러서면 파오니아 왕실은 멸망으로 향할 것이다. 국왕과 직계 자손이 없는 왕실은 더 이상 왕국을 이끌어가는 힘이 될 수 없기에.

"죽어라! 제국의 개들아!"

레시안은 허공으로 박차며 힘껏 검을 뿌렸다.

한 남자와 기사로서 약속하였기에 죽음으로 지켜야 했다.

'바람의 카온…… 어서 와요…….'

다만 마음 한켠으로는 어서 그가 바람처럼 나타나 이 위험에서 자신을 구해주기를 바랄 뿐이었다.

차가운 철가면 속에 감추어진 연약한 여인의 마음으로.

―마스터, 마나가 요동치고 있습니다. 인간들치고는 제법입니다.

제법 정도가 아니라 이곳 대륙에서 처음으로 보는 강력한 마나를 사용하는 자들이었다.

"와아아! 돌격하라!!"

"근위기사단을 물리쳐라!"

"반란군들을 모조리 베어버려라!"

"파오니아 왕국 만세!"

더군다나 헬렌 후작이 무슨 꿍꿍이를 부리는지 병사들과 기사단을 모두 출병시키고 있었다.

이에 맞서 사기가 오른 국왕군 병사들도 자발적으로 전장을 향하여 돌격하였다.

왕국에 목숨으로 충성하는 근위기사단의 열정적인 모습에 국왕군 병사들의 가슴도 불타올랐으리라.

"이 마지막 공격을 막아내면……."

"호호, 우리가 과거에 맹세한 바에 따라 실천하면 그만이지요."

"호호, 과연 받아낼 수 있을까? 드래곤을 상대하기 위하여 창안한 공격인데."

알 수 없는 말들을 중얼거리는 엥겔의 사신단.

뭉클거리며 주변의 마나들을 무지하게 빨아들이고 있었다.

'대기의 기운을 사용할 수 있는 자들이라……. 비록 불완전하지만 상당한 경지에 이르렀군.'

만약 이런 자들을 휘하에 둔다면 파오니아 왕국의 전력은 급상승하리라.

다만 그럴 가능성이 전혀 없기에 문제였지만.

"죽음의 검! 헬파이어 블레이드!"

"죽음의 마법! 다크 헬파이어!"

"호호, 최상급 바람의 정령 진이 펼치는 윈드 헬파이어!"

품자 형의 대형으로 나를 포위하고 마나를 온몸으로 두른 삼 인의 엥겔의 사신단.

그들이 뿜어내는 마나의 압력이 사방에서 밀려들어 왔다.

─마스터, 제법입니다.

살벌하게 바쁜 와중에도 여유있는 묵호.

위이잉─

강력한 공격에 그나마 묵룡은 몸을 떨며 다가올 공격을 기대하는 듯하였다.

'제법 진의 모양을 갖추었군.'

기사와 마법사, 그리고 정령사의 완벽한 조합.

강력한 검의 사신 엘루스의 검격이 푸른 검강의 빛에 싸여 현란하고 쾌속하게 수십의 변화를 일으키며 눈을 어지럽게 만들었다.

거기에 흑마법의 사신 다킨즈의 다크 헬파이어. 본래 8써클 마법의 헬파이어가 아닌 무언가 변형된 헬파이어 마법이었지만, 딱 보아도 7써클의 마법이 어둠 속에서 이글거리는 절대 화염으로 발밑을 적셔왔다.

마지막으로 정령의 사신 투다르의 최상급 바람의 정령 진을 이용한 공격.

처음 보는 바람의 최상급 정령이었다.

허공에 사람의 육신보다 대여섯 배 정도 큰 거대한 몸체를 드러내고 주변의 모든 것을 날려 버릴 듯 맹렬한 바람의 폭풍을 만들어내는 진.

나의 허공을 장악하고 갈기갈기 찢어버리려 하였다.

정면과 땅과 하늘을 포위한 완벽한 포위 공격이었다.

'이것이 진정한 무당의 힘이다!'

가슴속에 불끈 호기가 일었고, 이미 알아서 파란 검강을 줄기차게 뿜어내던 묵룡의 검신에서 작은 파랑이 일었다.

처음에는 미약하였으나 하나에 하나를 더하는 순간 둘이 아닌 열이 되고 백이 되는 태극의 무한한 힘.

"타앗!"

어느새 5샤이 정도의 거리로 다가온 엥겔의 사신단의 공격을 바라보며 맑은 기합을 터뜨렸다.

위이이이이잉!

가볍게 지상을 박찬 몸.

들려진 묵룡에서 파장을 일으키며 작게 일던 태극이 어느새 온몸을 휘감을 정도가 되었고, 양과 음을 간직한 붉고 푸른 기운들이 사방을 점령하여 갔다.

따다당!

퍼버벅!

쩌저적!

"헉!"

"컥!"

"크헉!"

완벽한 합격.

검의 공격에 몸이 갈라지고, 바람의 정령 진이 만들어내는 폭풍의 바람에 몸이 찢겨 나가고, 마지막으로 궁극의 헬파이어 마법은 아니어도 세상에 존재하는 웬만한 모든 것은 다 녹일 듯한 다크 헬파이어에 흔적도 없이 사라져야 정상이었다.

과거 이 공격법으로 던전을 수호하던 스톤 골램과 아이언 골램도 모조리 녹여 버렸었다.

그런데 눈앞에 보이는 믿지 못할 결과.

지금껏 깨달은 모든 검술의 이치를 담아내던 엘루스의 검강이 갑자기 붉음과 푸름에 잠긴 카온의 검에 단 한 수에 따다당 소리를 내며 팅겨져 버렸다.

아니, 검이 다가오는 것을 보지도 못하였다.

세상에 부수지 못할 것이 없는 오러 소드가, 그것도 최근에 깨달은 상급의 이치를 담아 펼쳤건만 상대방의 검에서 일렁이는 빛에 어이없이 팅겨 나갔다.

더욱이 다크 헬파이어는 죽음의 화염.

카온이 밟고 있던 대지를 모두 녹여 버릴 듯 엄청난 열기를 뿜어내던 헬파이어의 공격력이 허공에 떠오른 카온을 따라 치솟았다. 하지만 갑자기 허공에 가득 찬 붉고 파란 기운과 닿더니 퍼버벅 소리를 내며 본래의 마나로 환원되어 버렸다.

또한 마지막으로 믿고 있던 바람의 최상급 정령 진의 강력한 바람의 폭풍.

7써클 마법과 동일한 효과를 내는 진의 강력한 바람의 칼날들 역시 붉고 푸른 기운들을 만나더니 살랑거리는 미풍으로 변해 버렸다.

믿지 못할 광경.

카온이란 자는 대체 어느 정도의 마나를 가지고 있는 것인지, 모든 공격을 그렇게 막아내고서도 푸른 검강은 3샤이가 넘을 정도로 일렁였다. 분명 전설로만 전해져 온 마검사용 소울 가드에서는 묵빛 광택과 함께 마나를 머금은 룬어들이 빛을 뿜으며 허공 가득 신비로운 기운들을 뿌려대면서 말이다.

"이, 이럴 수가……!"

검의 사신 엘루스의 입에서 놀람의 비음이 자연스레 흘러나왔다.

인간의 힘으로는 절대 막을 수 없을 것이라 지금껏 확신하며 살아왔던 신념들이 와르르 무너지고 있었다.

저기 지금 허공에서 붉고 파란, 알 수 없는 빛을 뿌리며 서서히 지상으로 착지하고 있는 카온이란 자의 단 한 번의 공격에 의하여.

'죽을 수 있다.'

난생처음 찾아온 공포.

엘루스를 비롯한 엥겔의 사신단은 난생처음 찾아온 죽음이라는 공포를 맞보아야 했다.

입가에 조롱 비슷한 미소를 지으며 이글거리는 오러 소드를 들고 천천히 다가오는 카온이란 자를 통해서.

"인연이 맺어진 자들, 악연의 끝을 보고 싶은가?"

저벅저벅.

주춤주춤.

내공의 기운으로 이글거리는 묵룡.

다가가는 순간 주춤거리며 엥겔의 사신단은 뒤로 물러섰다.

더군다나 한번에 온 마나를 다 쏟아 부었는지 소울 가드조차 강제로 해제되고 있었다.

─마스터! 묻읍시다, 흐흐흐.

물러서는 엥겔의 사신단을 바라보며 즐거워하는 묵호.

“자, 잠깐만 참아주시오.”

검의 사신 엘루스, 소울 가드가 해제되자 회색빛 머리칼이 바람에 제멋대로 흩날리며 손을 저었다.

“죽음이 두려운가?”

치욕스러운 질문.

그러나 얼굴에 치욕보다는 무언가 결심하는 빛을 띠는 엥겔의 사신단.

“우리가 과거부터 맹세한 바가 있습니다. 만약 우리들의 합공을 받아 막아내는 인간이 있다면, 기꺼이 그의 수족이 되겠다는 맹세입니다.”

‘응?

갑작스러운 엘루스의 말.

―엥? 마스터, 속지 마십시오! 분명히 살기 위해 사기를 치는 것입니다.

“그렇습니다. 이것은 저희들의 맹약. 당신께서 우리를 받아주신다면, 당신의 수족이 되겠습니다.”

정령의 사신 투다르의 확언.

“당신께서 원하신다면 그 어떤 일이라도 할 것입니다.”

짙은 갈색 머리에 깡마른 체격의 흑마법의 사신 다킨즈조차 갑자기 나를 따른다 하였다.

‘음, 이들의 힘이라면……’

생각지도 못한 제안.

이 대륙에서 만난 이들 중 가장 강하다 평가할 수 있는 엥겔의 사신단의 제안에 마음이 흔들렸다.

엥겔의 사신단의 전력이라면 왕국에 가장 필요한 최고급 전력을 확보하는 것이었다.

소드 마스터에 최상급 정령사, 거기에다가 흑마법사지만 7써클의 마법사까지.

그들의 눈을 바라보았다.

묵호의 말처럼 진실이 아닌 순간의 위기를 벗어나고자 하는 말들이라면 가차없이 베어버릴 것이다.

그러나 만약 진실이라면 그들을 취해야 하는 것이다.

―마스터! 독입니다, 독! 절대 넘어가지 마십시오!

머리 속을 울리는 묵호의 엉터리 독 이론.

그 말을 들으며 회심의 미소를 지었다.

'묵호의 의견에 정반대되면 언제나 옳은 일. 단, 먹는 일만 제외하고.'

요즘 뼈저리게 느끼는 사실이었다.

결정적으로, 나를 바라보는 엥겔의 사신단의 눈빛에는 거짓이 없어보였다.

더욱 강한 것에 대한 열망을 보이는 강자에 대한 소망의 눈빛.

마음을 정하였다.

"좋소. 그대들의 맹약이 그렇다면 받아들이겠소. 솔직히 그대들의 힘이 필요하오."

"오, 감사합니다! 이제 카온님을 주군으로 받들겠습니다."

"호호, 이제 우리도 정착해야겠네요. 주군이 있는 곳이 우리의 거처이니."

"호호, 좋은 마법 실험실을 부탁드립니다, 주군!"

실력만큼이나 화끈한 엥겔의 사신단. 그들은 바닥에 한쪽 무릎을 꿇으며 주군을 대하는 예를 취하여 왔다.

'이것을 전화위복이라 하던가.'

하늘의 일은 감히 인간의 힘으로 어찌할 수 없다 하였던가.

방금 전까지 죽음을 놓고 한바탕 검을 나누었던 엥겔의 사신단과 내가 주종의 관계를 맺었다.

참으로 알 수 없는 인연의 법칙으로.

"막아라!! 반란군들을 제압하라!"

"죽어!!"

"파오니아 왕국 만세!"

멀리 떨어진 곳에서 벌어지고 있는 치열한 백병전.

어느새 반란군과 국왕군의 병사들이 치열하게 피를 튀기며 전투를 벌이고 있었다.

'근위기사단이 위험하겠군.'

아무리 특훈을 받았다지만 오랜 시간 배운 것들이 아니었다.

몇 배에 달하는 소울 가드 기사들을 상대하고, 이제 일반 기사단과 병사들을 상대하는 근위기사단의 힘은 바닥을 헤매고 있을 것이다.

"그대들에게 부탁하오. 가서 반란군의 기사들을 제압하여 주시오!"

"주군의 명을 따르옵니다."

"호호, 주군에게 명을 받는 기분이 이런 기분이군요."

"흐흐, 끔찍한 흑마법의 공포를 심어주고 오겠습니다."

내가 없는 상태에서 적이었다면 국왕국에 재앙이었을 것이 분명한 엥겔의 사신단.

지금은 신이 내린 축복이었다.

'헬렌 후작······.'

병사들의 육박전과 이곳을 동시에 바라보고 있던 반란군의 수장들.

이제 마무리를 해야 할 때가 되었다.

팟!

가볍게 지상을 박차며 귀족들에게 다가갔다.

한 손에 아직도 이글거리는 묵룡을 들고서.

'저, 저럴 수가······!'

설마설마 하였다.

헬렌 후작은 엥겔의 사신단이 카온을 향해 펼치는 마지막 공격에 잠시 마음을 놓았다가 달라진 지금의 상황에 정신을 차리지 못하였다.

카온이라는 자가 무슨 수를 사용하였는지는 몰라도 허공으로 치솟으며 붉고 파란 기운들을 사방으로 뿌렸고, 그 순간 절대 막을 수 없을 것 같던 엥겔의 사신단의 모든 공격이 태양 빛에 쪼인 안개처럼 사라져 버렸다.

그리고 벌어진 일들.

카온이라는 자가 검을 들고 엥겔의 사신단을 향해 다가가는 순간 분명 그들을 죽일 것이라 생각하였다.

그런데 그 예상도 완벽하게 벗어나며 엥겔의 사신단이 뭐라 하더니 무릎을 꿇어버렸다.

헬렌 후작은 마른침을 삼키며 급히 마법사를 찾았다. 그리고 병사들과 기사들의 결투에 정신이 팔린 귀족들에게 들키지 않게 서서히 몸을 빼내었다.

저기 카온이라는 자가 오러 소드를 이글거리며 바람처럼 달려오는 것이 보였기에.

'빌어먹을…….'

헬렌 후작은 뒤에 대기하고 있던 마법사와 함께 조용히 귀족들에게서 벗어났다.

마지막으로 거의 다가온 카온이란 자를 힘껏 노려보면서.

"가자!"

"워프!"

후작가의 6써클 마스터 마법사의 영창.

이미 메모라이즈를 해놓았기에 짧은 마법 영창임에도 불구하고 후작과 마법사의 몸은 밝은 마법의 빛에 휩싸이더니 이내 사라져 버렸다.

"가, 각하!!"

"이럴 수가! 우리를 버리다니!"

"이런 몬스터만도 못한 놈!"

등 뒤에서 강력하게 이는 마나의 흐름에 황급히 눈을 돌린 십여 명의 반란군 고위급 귀족들.

헬렌 후작이 자기들을 버리고 사라졌음을 깨닫고 허탈한 미소를 짓고 있었다.

"카, 카온 후작이다……!"

"으으! 도망쳐라!"

그리고 후작의 배신보다 더욱 끔찍한 지옥의 사신을 맞이하였다.

오러 소드가 이글거리는 검을 들고 달려온 한 남자.

카온 드 아슈한.

그가 바람을 이끌고 공간을 가르며 다가오고 있었다.

"와아아!! 파오니아 왕국 만세!"

"카온 후작님께 영광을!!"

"왕국이여, 영원하라!"

승리에 감동한 병사들의 함성.

방금 전까지 피가 튀기고 살점이 날아다니던 전장에는 지금 승리의 함성 소리만이 가득하였다.

완벽한 승리.

아쉽게도 여우 같은 헬렌 후작은 마법사와 도망쳤고, 남아 있던 반란군 귀족들은 모두 체포하였다.

오러 소드가 이글거리는 묵룡을 들이대자 알아서 머리를 땅에 박아 버리는 귀족들.

굳이 내가 처리하지 않아도 국법에 따라 참수당할 것이다. 더 이상 이런 쓰레기 같은 귀족들에게 자비를 베풀 왕국이 아니었기에 귀족들에게 다시 밝은 세상을 볼 기회는 없으리라.

그리고 반란군 귀족들의 기사들과 병사들도 엥겔의 사신단의 강력한 무력 앞에 들고 있던 무기들을 다 내동댕이치고 머리를 숙였다.

자기들의 생살여탈권을 쥐고 있던 귀족들이 모두 그렇게 하였기에 더 이상 버틸 힘이 없던 것이다.

"다, 단장님! 왕궁 마탑에서 연락이 왔습니다. 지금 이름 모를 적들에 의하여 공격받고 있다고……."

"이런!"

전장으로 따라온 마법사가 사색이 되어 왕실의 위급함을 알려왔다.

'묵호, 왕실로 이동한다!'

―네, 마스터!

“샬로만 부단장은 전장을 수습하라.”

“충!”

“엥겔의 사신단도 같이 움직여 주시오.”

“주군의 명을 받습니다.”

—마스터, 이동을 실시합니다.

파밧!

위급한 순간, 이미 묵호가 마법사용 소울 가드임이 드러났기에 거침없이 사람들 앞에서 이동 마법을 펼쳤다.

‘아드리안느…….’

어쩔 수 없이 떠난 왕궁. 이래서 공주 곁을 떠나기가 두려웠었다.

제65장

나의 땅에 침범한 자들

FREE KNIGHT

나의 땅에 침범한 자들

챙!

파바박!

"흑……."

레시안은 이름도 알지 못하는 소드 마스터의 강력한 일격에 검과 함께 뒤로 주르륵 물러서야 했다. 그리고 입을 비집고 신음을 흘려야 했다.

'가, 강자다…….'

소드 마스터가 되어 두 번째로 겪어보는 강자.

아예 실력 측정이 안 되는 카온 후작은 제외하고서라도 이런 자에게까지 밀리자 자존심이 상하였다.

―마스터, 물리적 방어력이 반절로 떨어졌습니다. 주의를 요망합니다.

방금 전의 일격과 계속 쌓인 데미지로 인하여 소울 가드에서 경고음이 들려왔다.

"푸하하! 그래도 대단하군. 나의 검을 막아서는 공국의 기사도 있다니 말이야. 그런데 어떡하지? 저기 있는 자들은 상태가 안 좋은 것 같은데."

'젠장…….'

공작가의 기사들 중에서 나름대로 검 좀 다룬다는 기사들이었건만, 속절없이 밀려나더니 어느새 반수 이상이 바닥에 뒹굴고 있었다.

더군다나 남아 있는 반수의 기사들도 위태하기는 마찬가지.

이대로 가면 얼마 안 가 모두 쓰러질 것이 분명하였다.

'카온! 어디 있는 것인가요…….'

검을 강하게 움켜잡고 버티고는 있지만 속마음은 한없이 떨리고 있었다.

레시안, 그녀만의 삶이 아니라 왕국의 운명도 걸려 있는 상황.

암담한 현실이 그녀의 어깨를 더욱 무겁게 만들고 있었다.

"흐흐, 시간을 벌려는 계책인가? 그렇게는 안 되지. 이조와 삼조는 국왕을 비롯한 왕족들을 찾아라!"

"명!"

이미 숫자에서 세 배 이상의 차이가 나기에 수비하는 곳곳이 구멍이었다.

"기사들은 죽음으로 사수하라!"

"며…… 명!"

파상적인 공격에 이제 남은 것은 쥐꼬리만한 마나와 정신력밖에 없는 공작가의 흑사자 기사단.

입으로는 명을 외치고 있지만, 그들을 스치고 안으로 잠입하는 제국 특수 기사단을 멍하니 바라만 보고 있어야 했다.

차장!

"흐흐, 어딜 가시려고!"

아니, 막아서려는 순간 어느새 제국 기사들이 앞을 막아섰다.

"왕궁을 보호하라!"

"막아라!"

제국 기사들이 왕궁 안으로 들어가려 하자 죽기 살기로 각오하고 막아서는 왕궁 병사들.

강렬한 의지처럼 빛나는 무기를 들고 소울 가드 기사들을 막아섰지만, 그것은 마음뿐.

"커억!"

"왕……. 왕국…… 만."

충성스러운 국왕군의 정예 병사들이었기에 자신들이 소울 가드 기사들의 한 번의 칼질밖에 막지 못한다는 것을 알지만, 그러나 그들은 죽음을 두려워하지 않으며 소울 가드 기사들을 자신들의 몸으로 막아섰다.

그리고 사방에서 울리는 병사들의 비명 소리.

"이이이! 비겁한 놈들!"

성스러운 왕궁에 흐르는 붉은 피와 육체를 벗어난 몸뚱이들.

제국 기사단 놈들은 잔인하게 살인을 즐기기라도 하듯이 앞을 막아서는 백여 명의 병사들을 처참하게 도륙하기 시작하였다.

"크하하! 단 한 놈도 남기지 마라! 오늘부로 지도상에서 파오니아 공국은 없다!"

제국 소드 마스터의 광소.

레시안은 소울 가드 안에서 입술을 피나게 깨물었다.

어차피 죽을 자리라면 장렬하게 산화하는 것이 왕국을 수호하는 기사의 도리.

더욱이 그녀는 왕국에서 가장 충성스러운 공작가의 후손이었다.

"죽어!"

힘차게 움켜잡은 검을 들고 하늘로 박차 오르는 레시안.

죽음을 각오한 그녀의 손에는 파란 오러 소드가 태양 빛도 무색하게 빛을 뿜어내고 있었다.

"크아악!"

"왕국 만세!"

"아……."

밖에서 들려오는 처절한 비명 소리.

아드리안느 공주는 충성스러운 기사들과 병사들의 비명에 가슴이 찢어지는 것 같았다.

힘없는 공국의 기사와 병사들로 태어나 못난 왕실을 위하여 죽어가는 이들.

그들의 비명에 아드리안느는 두 손을 강하게 움켜쥐었다.

"누님, 이리로 오십시오."

창가에 다가가려는 아드리안느 공주를 말리는 안토니안.

쓸모도 없는 목검을 움켜쥐고 아직은 연약한 몸으로 아드리안느 공주의 앞을 막아섰다.

"적이 올라오고 있습니다."

타다닥.

움직이지도 못하는 국왕이 있는 곳을 향하여 바로 달려오는 제국의 기사들.

문밖에서 막아서고 있는 세 근위기사들의 입에서 다급한 경고음이 들려왔다.

"소울 가드를 착용하겠습니다."

밖에 있는 자들의 말에 근접 경호를 담당하고 있는 이 인의 근위기사들.

파밧!

말과 함께 마나를 사용하여 소울 가드를 착용하였다.

'반드시 소드 마스터가 될 것이다. 그리고 내 손으로 이 왕국을 수호할 것이다!'

근위기사들이 소울 가드를 착용하는 모습을 보며 굳게 다짐하는 안토니안.

그는 죽음이 눈앞에 다가왔건만 두려움은 느끼지 못하였다.

다만 반드시 소드 마스터가 되어 이 왕국을 지킬 것이라 다짐하였다.

'스승님, 전 스승님을 믿습니다.'

그리고 믿었다.

처음 파오니아 왕궁에 나타났던 것처럼, 바람처럼 등장하여 반드시 이 왕실을 위기에서 구해줄 것임을.

'나의 기사여……'

언제 적들이 들어올지 모르는 문을 바라보며 애타게 그녀의 기사를 찾는 아드리안느.

"막아라!!"

"감히 이곳이 어디라고!"

차자장!

"이곳이다! 이곳에 왕실 놈들이 있다!"

챙챙!

"못 들어간다!"

문밖에서 들려오는 검과 검이 부딪치는 강렬한 음향.

아드리안느 공주와 안토니안 왕자는 아무것도 모른 채 침대에 누워 있는 아비의 곁에서 초조하게 문밖을 바라보았다.

힘없는 왕국에 찾아온 또 다른 위기에 숨을 죽이며, 마음으로 오직 한 사람만을 생각하였다.

바람의 카온.

폭풍 앞에 선 등불 같은 왕국과 그들을 지켜줄 기사 중의 기사를…….

파밧.

"마…… 막아라!"

"컥!"

'이런!'

왕실 연무장에 도착하자마자 들려오는 비명 소리들.

이동 마법의 강력한 빛과 마나의 파장이 가라앉기를 기다리지 못하고 밖으로 뛰쳐나갔다.

으드득.

"죽인다……."

근위기사들이 연무하던 연무장과 아름다운 왕실의 정원 곳곳이 파헤쳐져 있었고, 시체들의 피 냄새로 가득하였다.

그리고 눈에 들어오는 광경.

레시안을 비롯한 흑사자 기사들이 죽음의 문턱에 서 있는 모습.

화르르.

심장이 타는 듯 짜르르한 느낌이 들며 단전에서 내공이 휘몰아쳤다.

차장.

"크윽."

털썩.

레시안이 소드 마스터로 보이는 자의 일격에 붕 떠올라 바닥에 처참하게 뒹구는 모습이 보였다.

"푸하하! 고작 이 정도 실력으로 나를 막아섰더냐? 어리석은 공국 녀석들 같으니라고."

마음껏 광소를 터뜨리며 공국을 비웃는 소드 마스터.

용서할 수 없는 자였다.

"멈춰라~!"

파앗!

수십 샤이의 거리, 지상을 박차 올랐다.

그리고 사자후를 터뜨리며 묵룡을 빼어 들었다.

감히 용서할 수 없는 자들.

내가 없는 틈을 타 비겁한 짓을 하는 자들을 결코 용서할 수 없었다.

이곳은 내가 수호할 내 자리였기에.

"아……!"

힘껏 막아섰지만 실력의 차이는 냉혹한 법.

제국의 소드 마스터가 후려친 일격에 마나가 바닥났다.

이미 왕궁을 향하여 적의 기사들 이십여 명이 파고들어 갔다.

외성을 수호하던 병사들이 달려와 목숨으로 막아섰지만, 그것은 한

낱 작은 몸짓.

제국 소울 가드 기사들의 일격에 피를 흘리며 장렬히 왕국을 위하여 죽어갔다.

그리고 이제 자신의 차례가 되었음을 아는 레시안.

후회없이 싸웠기에 움직일 힘조차 없이 바닥을 뒹굴었다.

차라리 편안하였다.

죽음 앞에 이르자 모든 것이 평안하였고, 저 멀리 하늘 위로 떠가는 구름조차 평화스러워 보였다.

'카온…… 저는 최선을 다했어요.'

눈가에 흐르는 알 수 없는 눈물이 소울 가드가 해제된 철가면 위로 느껴졌다.

이제 죽음에 다다른 순간, 귓가로 제국 기사의 광소가 들려왔다. 레시안은 평안히 눈을 감으며 짧은 삶을 회상하였다.

마지막으로 카온 후작을 만났을 때의 가슴 뛰던 순간까지 알알이 생각하며…….

그때 들려오는 커다란 목소리.

그 목소리에 레시안은 절망의 눈물이 흐르던 눈에 기쁨으로 변한 눈물이 흐르는 것을 느낄 수 있었다.

그가 온 것이다.

바람의 카온, 그가…….

파각.

"컥!"

제일 먼저 막아서던 붉은 망토의 기사 놈을 단칼에 베어버렸다.

타다닷!

약 십여 명의 기사들이 연달아 막아서 왔다.

쉬이익―

바람처럼 달려갔다.

일검에 한 놈씩.

거치적거리는 모든 것들을 베어버렸고, 내가 지나간 뒤로 짧은 비명과 함께 육신들이 분리가 되며 피분수가 뿜어졌다.

서걱.

손에 느껴지는 이질적인 느낌.

딱딱한 뼈와 육신을 베어 그 안에 자리잡은 뜨거운 피와 장기들의 느낌이 올올이 느껴져 왔다.

"컥⋯⋯."

분노한 피의 길.

어느새 눈앞을 막아선 그 누구도 보이지 않았다.

놀란 눈을 뜨고 멍하니 바라보고 있는 단 한 놈만 제외하고서.

'마, 말도 안 돼!!'

아달톤 제국 황실 특수 기사단의 자칸 백작은 믿기지 않는 눈앞의 상황에 멍하니 입을 벌렸다.

왕궁을 수비하던 이름 모를 소드 마스터를 무찌르고 막 승리의 광소를 터뜨렸건만, 갑자기 바람을 타고 나타난 한 놈이 심장을 차갑게 만들어 버렸다.

상급과 최상급의 기사들이었고, 6써클 마법사와 상급 정령사들이었다.

그런데 모두 다 동일하게 단 일검에 하나씩 양단이 되어 피분수를 뿜으며 대지에 누워 버렸다.

자랑스럽고 용맹스러운 제국 특수 기사단이!

그리고 검은빛의 소울 가드를 입고 무심한 눈빛으로 다가서는 자.

갑자기 한 사람의 이름이 떠올랐다.

"카, 카온. 바람의……."

믿지 않았었다.

아달톤 제국의 소드 마스터인 리턴 후작이 패한 이유는 단지 방심하다 당한 실수라 생각하였다.

그러나 지금은 믿을 수밖에 없었다.

소드 마스터인 자신의 심장이 차갑게 식어가고, 다리가 자신도 모르게 떨리는 것을 느끼며 자칸 백작은 숨을 헉헉 뱉어내야 했다.

"이곳은 내가 수호할 곳. 허락없이 들어온 자들은 모두 죽는다. 나 바람의 카온의 이름으로……."

저벅저벅.

같은 오러 소드지만 분명 다른 느낌이 드는 카온이란 자의 오러 소드가 일렁이며 다가왔다.

'막아야 한다!'

무언지 모를 엄청난 위기감에 머리 속에서는 막아야 한다는 본능의 소리가 들려왔다.

그러나 움직일 수가 없었다.

카온이라는 자의 검에서 일렁이는 오러 소드의 강렬한 파란 불꽃에 영혼이 지배당하며…….

분노가 심장을 태울 듯 휘몰아쳤다.

발밑을 적시는 병사들의 식어가는 피가 허물어지는 이성을 붙잡아 갔다.

감히 나의 땅에 침범한 자들.

단 한 놈도 돌려보낼 수는 없었다.

화르르.

“머, 멈춰라……. 난…… 아달톤 제, 제국의 황실 특수 기사단의…… 자칸 백작…… 이시…….”

쓰욱.

푹.

소울 가드를 착용한 자칸이란 놈의 입을 깊숙이 뚫고 들어가는 묵룡.

마지막 말도 끝맺지 못한 자칸이라는 놈의 입에서 묵룡의 검신을 타고 피가 흘러내렸다.

본래는 검강에 뒤덮인 묵룡에 의하여 머리가 터져 나가야 정상이었건만, 소울 가드 덕분에 파괴력이 흡수되며 묵룡의 맨 검날을 입으로 막아야 했다.

단 일수도 막지 못하고.

‘어느새 내가 무형지기를 펼칠 수 있는 경지에 이르렀단 말인가…….’

막상 펼치고도 믿을 수 없는 경지.

극도의 분노에 온몸의 잠력이 끓어올랐고, 무형의 내공이 유형의 기가 되어 놈을 붙잡아 버린 것이다.

“…….”

검에 입이 꿰뚫려 마나가 공급되어지지 않자 해제되는 소울 가드.

이미 죽음에 이른 자칸이라는 자의 눈에는 불신의 빛이 가득하였다.

"……."

그리고 느껴지는 수많은 시선.

살아남은 흑사자단 기사들과 왕실 병사들이 신을 대하는 눈빛으로 나를 바라보고 있었다.

와장창!

"크악!"

그러나 그것도 잠시 왕궁의 창문에서 떨어지는 자의 처절한 비명이 귀에 파고들었다.

'아드리안느!'

내가 목숨으로 수호해야 할 여인.

그녀의 위기는 아직도 끝나지 않고 있었다.

팟!

자리를 박찼다.

하늘을 나는 한 마리의 비조처럼 그렇게 바람을 타고 아드리안느가 있는 왕궁으로 몸을 날렸다.

'조금만 기다리시오! 나의 여인아……. 그대의 기사가 여기 달려가고 있소!'

『프리 나이트』 7권으로 이어집니다